故事新编

插图本

鲁迅

人民文学出版社

图书在版编目(CIP)数据

故事新编:插图本/鲁迅著.—北京:人民文学出版社,2015(2022.9重印)
ISBN 978-7-02-011026-1

Ⅰ.①故… Ⅱ.①鲁… Ⅲ.①鲁迅小说—小说集 Ⅳ.①I210.6

中国版本图书馆CIP数据核字(2015)第149514号

责任编辑　陈建宾
装帧设计　柳　泉
责任印制　王重艺

出版发行　人民文学出版社
社　　址　北京市朝内大街166号
邮政编码　100705

印　　刷　三河市延风印务有限公司
经　　销　全国新华书店等

字　　数　90千字
开　　本　880毫米×1230毫米　1/32
印　　张　5.5　插页2
印　　数　72001—75000
版　　次　1979年12月北京第1版
印　　次　2022年9月第19次印刷

书　　号　978-7-02-011026-1
定　　价　23.00元

如有印装质量问题,请与本社图书销售中心调换。电话:010-65233595

本书收作者1922年至1935年所作小说八篇。1936年1月由上海文化生活出版社初版,列为巴金所编的《文学丛刊》之一。作者生前共印行七版次。

目 录

序言 ··· *1*

补天 ··· *1*
奔月 ··· *17*
理水 ··· *35*
采薇 ··· *61*
铸剑 ··· *88*
出关 ··· *113*
非攻 ··· *130*
起死 ··· *150*

序　　言

　　这一本很小的集子,从开手写起到编成,经过的日子却可以算得很长久了:足足有十三年。

　　第一篇《补天》——原先题作《不周山》——还是一九二二年的冬天写成的。那时的意见,是想从古代和现代都采取题材,来做短篇小说,《不周山》便是取了"女娲炼石补天"的神话,动手试作的第一篇。首先,是很认真的,虽然也不过取了弗罗特说[1],来解释创造——人和文学的——的缘起。不记得怎么一来,中途停了笔,去看日报了,不幸正看见了谁——现在忘记了名字——的对于汪静之君的《蕙的风》的批评,他说要含泪哀求,请青年不要再写这样的文字。[2]这可怜的阴险使我感到滑稽,当再写小说时,就无论如何,止不住有一个古衣冠的小丈夫,在女娲的两腿之间出现了。这就是从认真陷入了油滑的开端。油滑是创作的大敌,我对于自己很不满。

　　我决计不再写这样的小说,当编印《呐喊》时,便将它附在卷末,算是一个开始,也就是一个收场。

　　这时我们的批评家成仿吾[3]先生正在创造社门口的"灵魂的冒险"的旗子底下抡板斧。他以"庸俗"的罪名,几斧砍杀了《呐喊》,只推《不周山》为佳作,——自然也仍有不好的地方。坦白的说罢,这就是使我不但不能心服,而且还轻视了这

1

位勇士的原因。我是不薄"庸俗",也自甘"庸俗"的;对于历史小说,则以为博考文献,言必有据者,纵使有人讥为"教授小说",其实是很难组织之作,至于只取一点因由,随意点染,铺成一篇,倒无需怎样的手腕;况且"如鱼饮水,冷暖自知",用庸俗的话来说,就是"自家有病自家知"罢:《不周山》的后半是很草率的,决不能称为佳作。倘使读者相信了这冒险家的话,一定自误,而我也成了误人,于是当《呐喊》印行第二版时[4],即将这一篇删除;向这位"魂灵"回敬了当头一棒——我的集子里,只剩着"庸俗"在跋扈了。

直到一九二六年的秋天,一个人住在厦门的石屋[5]里,对着大海,翻着古书,四近无生人气,心里空空洞洞。而北京的未名社[6],却不绝的来信,催促杂志的文章。这时我不愿意想到目前;于是回忆在心里出土了,写了十篇《朝华夕拾》;并且仍旧拾取古代的传说之类,预备足成八则《故事新编》。但刚写了《奔月》和《铸剑》——发表的那时题为《眉间尺》,——我便奔向广州,这事就又完全搁起了。后来虽然偶尔得到一点题材,作一段速写,却一向不加整理。

现在才总算编成了一本书。其中也还是速写居多,不足称为"文学概论"之所谓小说。叙事有时也有一点旧书上的根据,有时却不过信口开河。而且因为自己的对于古人,不及对于今人的诚敬,所以仍不免时有油滑之处。过了十三年,依然并无长进,看起来真也是"无非《不周山》之流";不过并没有将古人写得更死,却也许暂时还有存在的余地的罢。

一九三五年十二月二十六日,鲁迅。

＊　　　＊　　　＊

〔1〕 **莱罗特说**　莱罗特(1856—1939)，通译弗洛伊德，奥地利精神病学家，精神分析学说的创立者。这里所说的"莱罗特说"，指弗洛伊德的精神分析学说。作者对这种学说，曾一度注意过，受过它的若干影响，后来采取批评和分析的态度。

〔2〕 指胡梦华对汪静之的诗集《蕙的风》的批评。《蕙的风》于1922年8月由上海亚东图书馆出版后，南京东南大学学生胡梦华在同年10月24日上海《时事新报·学灯》发表一篇《读了〈蕙的风〉以后》，指责其中某些爱情诗是"堕落轻薄"的作品，"有不道德的嫌疑"。鲁迅曾在《反对"含泪"的批评家》（《热风》）中对胡文进行过批评。汪静之(1902—1996)，安徽绩溪人，诗人。

〔3〕 **成仿吾**(1897—1984)　湖南新化人，文学评论家，"五四"时期文学团体创造社主要成员之一。早期主张文艺"表现自我"，追求"纯文艺"。1927年至1928年间同郭沫若等发起革命文学运动；后进入革命根据地，参加二万五千里长征，长期从事革命教育工作。鲁迅的《呐喊》出版后不久，成仿吾曾在《创造季刊》第二卷第二期(1924年2月)发表《〈呐喊〉的评论》一文，认为《呐喊》中的《狂人日记》、《孔乙己》、《药》、《阿Q正传》等都是"浅薄""庸俗"的"自然主义"作品，只有《不周山》一篇，"虽然也还有不能令人满足的地方"，却是表示作者"要进而入纯文艺的宫庭"的"杰作"。成仿吾在这篇评论中，曾引用法国作家法朗士在《文学生活》一书中所说文学批评是"灵魂在杰作中的冒险"这句话说："假使批评是灵魂的冒险啊，这呐喊的雄声，不是值得使灵魂去试一冒险？"

〔4〕 **《呐喊》印行第二版**　1930年1月《呐喊》第十三次印刷时，作者将《不周山》篇抽出，因为篇目与过去印行者不同，成为一种新的版本，所以这里称为"第二版"。

〔5〕 厦门的石屋　指作者在厦门大学任教时居住的"集美楼"。

〔6〕 未名社　文学团体,1925年成立于北京,主要成员有鲁迅、韦素园、曹靖华、李霁野、台静农、韦丛芜等。1931年解散。该社注重介绍外国文学,特别是俄国和苏联文学,并编印《未名》半月刊和《未名丛刊》、《未名新集》等。

补　　天[1]

一

女娲[2]忽然醒来了。

伊[3]似乎是从梦中惊醒的，然而已经记不清做了什么梦；只是很懊恼，觉得有什么不足，又觉得有什么太多了。煽动的和风，暖暾的将伊的气力吹得弥漫在宇宙里。

伊揉一揉自己的眼睛。

粉红的天空中，曲曲折折的漂着许多条石绿色的浮云，星便在那后面忽明忽灭的睐眼。天边的血红的云彩里有一个光芒四射的太阳，如流动的金球包在荒古的熔岩中；那一边，却是一个生铁一般的冷而且白的月亮。然而伊并不理会谁是下去，和谁是上来。

地上都嫩绿了，便是不很换叶的松柏也显得格外的娇嫩。桃红和青白色的斗大的杂花，在眼前还分明，到远处可就成为斑斓的烟霭了。

"唉唉，我从来没有这样的无聊过！"伊想着，猛然间站立起来了，擎上那非常圆满而精力洋溢的臂膊，向天打一个欠伸，天空便突然失了色，化为神异的肉红，暂时再也辨不出伊所在的处所。

伊在这肉红色的天地间走到海边,全身的曲线都消融在淡玫瑰似的光海里,直到身中央才浓成一段纯白。波涛都惊异,起伏得很有秩序了,然而浪花溅在伊身上。这纯白的影子在海水里动摇,仿佛全体都正在四面八方的迸散。但伊自己并没有见,只是不由的跪下一足,伸手掬起带水的软泥来,同时又揉捏几回,便有一个和自己差不多的小东西在两手里。

"阿,阿!"伊固然以为是自己做的,但也疑心这东西就白薯似的原在泥土里,禁不住很诧异了。

然而这诧异使伊喜欢,以未曾有的勇往和愉快继续着伊的事业,呼吸吹嘘着,汗混和着……

"Nga!nga!"[4]那些小东西可是叫起来了。

"阿,阿!"伊又吃了惊,觉得全身的毛孔中无不有什么东西飞散,于是地上便罩满了乳白色的烟云,伊才定了神,那些小东西也住了口。

"Akon,Agon!"有些东西向伊说。

"阿阿,可爱的宝贝。"伊看定他们,伸出带着泥土的手指去拨他肥白的脸。

"Uvu,Ahaha!"他们笑了。这是伊第一回在天地间看见的笑,于是自己也第一回笑得合不上嘴唇来。

伊一面抚弄他们,一面还是做,被做的都在伊的身边打圈,但他们渐渐的走得远,说得多了,伊也渐渐的懂不得,只觉得耳朵边满是嘈杂的嚷,嚷得颇有些头昏。

伊在长久的欢喜中,早已带着疲乏了。几乎吹完了呼吸,

然而这诧异使伊喜欢,以未曾有的勇往和愉快继续着伊的事业,呼吸吹嘘着,汗混和着……

故事新编

流完了汗,而况又头昏,两眼便蒙胧起来,两颊也渐渐的发了热,自己觉得无所谓了,而且不耐烦。然而伊还是照旧的不歇手,不自觉的只是做。

终于,腰腿的酸痛逼得伊站立起来,倚在一座较为光滑的高山上,仰面一看,满天是鱼鳞样的白云,下面则是黑压压的浓绿。伊自己也不知道怎样,总觉得左右不如意了,便焦躁的伸出手去,信手一拉,拔起一株从山上长到天边的紫藤,一房一房的刚开着大不可言的紫花,伊一挥,那藤便横搭在地面上,遍地散满了半紫半白的花瓣。

伊接着一摆手,紫藤便在泥和水里一翻身,同时也溅出拌着水的泥土来,待到落在地上,就成了许多伊先前做过了一般的小东西,只是大半呆头呆脑,獐头鼠目的有些讨厌。然而伊不暇理会这等事了,单是有趣而且烦躁,夹着恶作剧的将手只是抡,愈抡愈飞速了,那藤便拖泥带水的在地上滚,像一条给沸水烫伤了的赤练蛇。泥点也就暴雨似的从藤身上飞溅开来,还在空中便成了哇哇地啼哭的小东西,爬来爬去的撒得满地。

伊近于失神了,更其抡,但是不独腰腿痛,连两条臂膊也都乏了力,伊于是不由的蹲下身子去,将头靠着高山,头发漆黑的搭在山顶上,喘息一回之后,叹一口气,两眼就合上了。紫藤从伊的手里落了下来,也困顿不堪似的懒洋洋的躺在地面上。

二

轰!!!

在这天崩地塌价的声音中,女娲猛然醒来,同时也就向东南方直溜下去了。[5]伊伸了脚想踏住,然而什么也踹不到,连忙一舒臂揪住了山峰,这才没有再向下滑的形势。

但伊又觉得水和沙石都从背后向伊头上和身边滚泼过去了,略一回头,便灌了一口和两耳朵的水,伊赶紧低了头,又只见地面不住的动摇。幸而这动摇也似乎平静下去了,伊向后一移,坐稳了身子,这才挪出手来拭去额角上和眼睛边的水,细看是怎样的情形。

情形很不清楚,遍地是瀑布般的流水;大概是海里罢,有几处更站起很尖的波浪来。伊只得呆呆的等着。

可是终于大平静了,大波不过高如从前的山,像是陆地的处所便露出棱棱的石骨。伊正向海上看,只见几座山奔流过来,一面又在波浪堆里打旋子。伊恐怕那些山碰了自己的脚,便伸手将他们撮住,望那山坳里,还伏着许多未曾见过的东西。

伊将手一缩,拉近山来仔细的看,只见那些东西旁边的地上吐得很狼藉,似乎是金玉的粉末[6],又夹杂些嚼碎的松柏叶和鱼肉。他们也慢慢的陆续抬起头来了,女娲圆睁了眼睛,好容易才省悟到这便是自己先前所做的小东西,只是怪模怪样的已经都用什么包了身子,有几个还在脸的下半截长着雪

故事新编

白的毛毛了,虽然被海水粘得像一片尖尖的白杨叶。

"阿,阿!"伊诧异而且害怕的叫,皮肤上都起粟,就像触着一支毛刺虫。

"上真[7]救命……"一个脸的下半截长着白毛的昂了头,一面呕吐,一面断断续续的说,"救命……臣等……是学仙的。谁料坏劫到来,天地分崩了。……现在幸而……遇到上真,……请救蚁命,……并赐仙……仙药……"他于是将头一起一落的做出异样的举动。

伊都茫然,只得又说,"什么?"

他们中的许多也都开口了,一样的是一面呕吐,一面"上真上真"的只是嚷,接着又都做出异样的举动。伊被他们闹得心烦,颇后悔这一拉,竟至于惹了莫名其妙的祸。伊无法可想的向四处看,便看见有一队巨鳌[8]正在海面上游玩,伊不由的喜出望外了,立刻将那些山都搁在他们的脊梁上,嘱咐道,"给我驮到平稳点的地方去罢!"巨鳌们似乎点一点头,成群结队的驮远了。可是先前拉得过于猛,以致从山上摔下一个脸有白毛的来,此时赶不上,又不会凫水,便伏在海边自己打嘴巴。这倒使女娲觉得可怜了,然而也不管,因为伊实在也没有工夫来管这些事。

伊嘘一口气,心地较为轻松了,再转过眼光来看自己的身边,流水已经退得不少,处处也露出广阔的土石,石缝里又嵌着许多东西,有的是直挺挺的了,有的却还在动。伊瞥见有一个正在白着眼睛呆看伊;那是遍身多用铁片包起来的,脸上的神情似乎很失望而且害怕。

"那是怎么一回事呢?"伊顺便的问。

"呜呼,天降丧。"那一个便凄凉可怜的说,"颛顼不道,抗我后,我后躬行天讨,战于郊,天不祐德,我师反走,……"[9]

"什么?"伊向来没有听过这类话,非常诧异了。

"我师反走,我后爰以厥首触不周之山[10],折天柱,绝地维,我后亦殂落。呜呼,是实惟……"

"够了够了,我不懂你的意思。"伊转过脸去了,却又看见一个高兴而且骄傲的脸,也多用铁片包了全身的。

"那是怎么一回事呢?"伊到此时才知道这些小东西竟会变这么花样不同的脸,所以也想问出别样的可懂的答话来。

"人心不古,康回实有豕心,觊天位,我后躬行天讨,战于郊,天实祐德,我师攻战无敌,殛康回于不周之山。"[11]

"什么?"伊大约仍然没有懂。

"人心不古,……"

"够了够了,又是这一套!"伊气得从两颊立刻红到耳根,火速背转头,另外去寻觅,好容易才看见一个不包铁片的东西,身子精光,带着伤痕还在流血,只是腰间却也围着一块破布片。他正从别一个直挺挺的东西的腰间解下那破布来,慌忙系上自己的腰,但神色倒也很平淡。

伊料想他和包铁片的那些是别一种,应该可以探出一些头绪了,便问道:

"那是怎么一回事呢?"

"那是怎么一回事呵。"他略一抬头,说。

"那刚才闹出来的是?……"

故事新编

"那刚才闹出来的么？"

"是打仗罢？"伊没有法，只好自己来猜测了。

"打仗罢？"然而他也问。

女娲倒抽了一口冷气，同时也仰了脸去看天。天上一条大裂纹，非常深，也非常阔。伊站起来，用指甲去一弹，一点不清脆，竟和破碗的声音相差无几了。伊皱着眉心，向四面察看一番，又想了一会，便拧去头发里的水，分开了搭在左右肩膀上，打起精神来向各处拔芦柴：伊已经打定了"修补起来再说"〔12〕的主意了。

伊从此日日夜夜堆芦柴，柴堆高多少，伊也就瘦多少，因为情形不比先前，——仰面是歪斜开裂的天，低头是齷齪破烂的地，毫没有一些可以赏心悦目的东西了。

芦柴堆到裂口，伊才去寻青石头。当初本想用和天一色的纯青石的，然而地上没有这么多，大山又舍不得用，有时到热闹处所去寻些零碎，看见的又冷笑，痛骂，或者抢回去，甚而至于还咬伊的手。伊于是只好搀些白石，再不够，便凑上些红黄的和灰黑的，后来总算将就的填满了裂口，止要一点火，一熔化，事情便完成，然而伊也累得眼花耳响，支持不住了。

"唉唉，我从来没有这样的无聊过。"伊坐在一座山顶上，两手捧着头，上气不接下气的说。

这时昆仑山上的古森林的大火〔13〕还没有熄，西边的天际都通红。伊向西一瞟，决计从那里拿过一株带火的大树来点芦柴积，正要伸手，又觉得脚趾上有什么东西刺着了。

伊顺下眼去看，照例是先前所做的小东西，然而更异样了,累累坠坠的用什么布似的东西挂了一身,腰间又格外挂上十几条布,头上也罩着些不知什么,顶上是一块乌黑的小小的长方板[14],手里拿着一片物件,刺伊脚趾的便是这东西。

那顶着长方板的却偏站在女娲的两腿之间向上看,见伊一顺眼,便仓皇的将那小片递上来了。伊接过来看时,是一条很光滑的青竹片,上面还有两行黑色的细点,比槲树叶上的黑斑小得多。伊倒也很佩服这手段的细巧。

"这是什么?"伊还不免于好奇,又忍不住要问了。

顶长方板的便指着竹片,背诵如流的说道,"裸裎淫佚,失德蔑礼败度,禽兽行。国有常刑,惟禁!"

女娲对那小方板瞪了一眼,倒暗笑自己问得太悖了,伊本已知道和这类东西扳谈,照例是说不通的,于是不再开口,随手将竹片搁在那头顶上面的方板上,回手便从火树林里抽出一株烧着的大树来,要向芦柴堆上去点火。

忽而听到呜呜咽咽的声音了,可也是闻所未闻的玩艺,伊姑且向下再一瞟,却见方板底下的小眼睛里含着两粒比芥子还小的眼泪。因为这和伊先前听惯的"nga nga"的哭声大不同了,所以竟不知道这也是一种哭。

伊就去点上火,而且不止一地方。

火势并不旺,那芦柴是没有干透的,但居然也烘烘的响,很久很久,终于伸出无数火焰的舌头来,一伸一缩的向上舔,又很久,便合成火焰的重台花[15],又成了火焰的柱,赫赫的压倒了昆仑山上的红光。大风忽地起来,火柱旋转着发吼,青的和杂色的石块都一色通红了,饴糖似的流布在裂缝中间,像一

风和火势卷得伊的头发都四散而且旋转,汗水如瀑布一般奔流,大光焰烘托了伊的身躯,使宇宙间现出最后的肉红色。

条不灭的闪电。

风和火势卷得伊的头发都四散而且旋转,汗水如瀑布一般奔流,大光焰烘托了伊的身躯,使宇宙间现出最后的肉红色。

火柱逐渐上升了,只留下一堆芦柴灰。伊待到天上一色青碧的时候,才伸手去一摸,指面上却觉得还很有些参差。

"养回了力气,再来罢。……"伊自己想。

伊于是弯腰去捧芦灰了,一捧一捧的填在地上的大水里,芦灰还未冷透,蒸得水渐渐的沸涌,灰水泼满了伊的周身。大风又不肯停,夹着灰扑来,使伊成了灰土的颜色。

"吁!……"伊吐出最后的呼吸来。

天边的血红的云彩里有一个光芒四射的太阳,如流动的金球包在荒古的熔岩中;那一边,却是一个生铁一般的冷而且白的月亮。但不知道谁是下去和谁是上来。这时候,伊的以自己用尽了自己一切的躯壳,便在这中间躺倒,而且不再呼吸了。

上下四方是死灭以上的寂静。

三

有一日,天气很寒冷,却听到一点喧嚣,那是禁军终于杀到了,因为他们等候着望不见火光和烟尘的时候,所以到得迟。他们左边一柄黄斧头,右边一柄黑斧头,后面一柄极大极古的大纛,躲躲闪闪的攻到女娲死尸的旁边,却并不见有什么

他们就在死尸的肚皮上扎了寨,因为这一处最膏腴,他们检选这些事是很伶俐的。然而他们却突然变了口风,说惟有他们是女娲的嫡派……

动静。他们就在死尸的肚皮上扎了寨，因为这一处最膏腴，他们检选这些事是很伶俐的。然而他们却突然变了口风，说惟有他们是女娲的嫡派，同时也就改换了大纛旗上的科斗字，写道"女娲氏之肠"[16]。

落在海岸上的老道士也传了无数代了。他临死的时候，才将仙山被巨鳌背到海上这一件要闻传授徒弟，徒弟又传给徒孙，后来一个方士想讨好，竟去奏闻了秦始皇，秦始皇便教方士去寻去[17]。

方士寻不到仙山，秦始皇终于死掉了；汉武帝又教寻，也一样的没有影[18]。

大约巨鳌们是并没有懂得女娲的话的，那时不过偶而凑巧的点了点头。模模胡胡的背了一程之后，大家便走散去睡觉，仙山也就跟着沉下了，所以直到现在，总没有人看见半座神仙山，至多也不外乎发见了若干野蛮岛。

一九二二年十一月作。

*　　　*　　　*

[1] 本篇最初发表于1922年12月1日北京《晨报四周纪念增刊》，题名《不周山》，曾收入《呐喊》；1930年1月《呐喊》第十三次印刷时，作者将此篇抽去，后改为现名，收入本书。

[2] 女娲　我国古代神话中的人类始祖。她用黄土造人，是我国关于人类起源的一种神话。《太平御览》卷七十八引汉代应劭《风俗通》说："俗说：天地开辟，未有人民；女娲抟黄土作人，剧务力不暇供，乃引绳于泥中，举以为人。故富贵者黄土人也；贫贱凡庸者絙人也。"（按

故事新编

《风俗通》全名《风俗通义》,今传本无此条。)

〔3〕 伊　女性第三人称代名词。当时还未使用"她"字。

〔4〕 "Nga！nga！"以及下文的"Akon,Agon！""Uvu,Ahaha！"都是用拉丁字母拼写的象声词。"Nga！nga！"译音似"嗯啊！嗯啊！""Akon,Agon！"译音似"阿空,阿公！""Uvu,Ahaha！"译音似"呜唔,啊哈哈！"

〔5〕 这是关于共工怒触不周山的神话。《淮南子·天文训》:"昔者共工与颛顼争为帝,怒而触不周之山,天柱折,地维绝。天倾西北,故日月星辰移焉;地不满东南,故水潦尘埃归焉。"按共工、颛顼,都是我国古代神话传说中的人物。过去史家说,共工是上古一个诸侯,炎帝(神农氏)的后代;颛顼是黄帝之孙,上古史上"五帝"之一,号高阳氏。

〔6〕 金玉的粉末　指道士服食的丹砂金玉之类的东西,道士认为服食后可以长生不老。

〔7〕 上真　道教称修炼得道的人为真人。上真即上仙,是一种尊称。唐代李商隐《同学彭道士参寥》:"莫羡仙家有上真,仙家暂谪亦千秋。"

〔8〕 巨鳌　见《列子·汤问》:"勃海之东,不知几亿万里,……其中有五山焉:一曰岱舆、二曰员峤、三曰方壶、四曰瀛洲、五曰蓬莱。……所居之人,皆仙圣之种。……而五山之根,无所连著,常随潮波,上下往还,不得蹔(暂)峙焉。仙圣毒之,诉之于帝,帝恐流于西极,失群圣之居,乃命禺彊使巨鳌十五举首而戴之,迭为三番,六万岁一交焉,五山始峙。"按禺彊,见《山海经·大荒北经》:"北海之渚,中有神,人面鸟身,珥两青蛇,践两赤蛇,名曰禺彊。"

〔9〕 这是共工与颛顼之战中共工一方的话。后,君主,这里指共工。这几句和后面两处文言句子,都是模仿《尚书》一类古书的文字。

〔10〕 不周之山　据《山海经·西山经》晋代郭璞注:"此山形有缺不周帀处,因名云。"又《淮南子·原道训》后汉高诱注,此山在"昆仑西

〔11〕 这是颛顼一方的话。康回,共工名。这里的"后"指颛顼。

〔12〕 关于女娲炼石补天的神话,《淮南子·览冥训》中有如下的记载:"往古之时,四极废,九州裂;天不兼复,墬(地)不周载;火爁炎而不灭,水浩洋而不息;……于是女娲炼五色石以补苍天,断鳌足以立四极,杀黑龙以济冀州,积芦灰以止淫水。"又唐代司马贞《补史记·三皇本纪》:"当其(女娲)末年也,诸侯有共工氏,任智刑以强,霸而不王,以水乘木,乃与祝融战,不胜而怒,乃头触不周山崩,天柱折,地维缺。女娲乃炼五色石以补天,断鳌足以立四极,聚芦灰以止滔水,以济冀州。"

〔13〕 昆仑山上的古森林的大火 据《山海经·大荒西经》:"有大山名曰昆仑之丘……其外有炎火之山,投物辄然(燃)。"

〔14〕 长方板 古代帝王、诸侯礼冠顶上的饰板,古名为"延",亦名"冕板"。顶长方板的小东西,即本书《序言》中所说的"古衣冠的小丈夫"。下面他背诵的几句文言句子,也是模拟《尚书》一类古书的。

〔15〕 重台花 复瓣花。唐代韩偓《妒媒》诗:"好鸟岂须兼比翼,异花何必更重台。"

〔16〕 关于"女娲氏之肠"的神话,《山海经·大荒西经》中有如下的记载:"西北海之外,大荒之隅,有山而不合,名曰不周负子。……有国名曰淑士,颛顼之子。有神十人,名曰女娲之肠,化为神,处栗广之野。"郭璞注:"女娲,古神女而帝者,人面蛇身,一日中七十变,其肠化为此神。"科斗字,古代文字,笔画头粗尾细,形如蝌蚪。

〔17〕 秦始皇寻仙山的故事,《史记·秦始皇本纪》中有如下的记载:"齐人徐市(芾)等上书,言海中有三神山,名曰蓬莱、方丈、瀛洲,仙人居之。请得斋戒,与童男女求之。于是遣徐市发童男女数千人,入海求仙人。……数岁不得。"

〔18〕 汉武帝寻仙山的故事,《史记·封禅书》中有如下的记载:方

士"(李)少君言上(汉武帝)曰:'……臣尝游海上,见安期生,安期生食巨枣,大如瓜。安期生仙者,通蓬莱中,合则见人,不合则隐。'于是天子始亲祠灶,遣方士入海求蓬莱安期生之属,而事化丹沙诸药齐(剂)为黄金矣。……而方士之候伺神人,入海求蓬莱,终无有验。"

奔　月[1]

一

聪明的牲口确乎知道人意,刚刚望见宅门,那马便立刻放缓脚步了,并且和它背上的主人同时垂了头,一步一顿,像捣米一样。

暮霭笼罩了大宅,邻屋上都腾起浓黑的炊烟,已经是晚饭时候。家将们听得马蹄声,早已迎了出来,都在宅门外垂着手直挺挺地站着。羿[2]在垃圾堆边懒懒地下了马,家将们便接过缰绳和鞭子去。他刚要跨进大门,低头看看挂在腰间的满壶的簇新的箭和网里的三匹乌老鸦和一匹射碎了的小麻雀,心里就非常踌蹰。但到底硬着头皮,大踏步走进去了;箭在壶里豁朗豁朗地响着。

刚到内院,他便见嫦娥[3]在圆窗里探了一探头。他知道她眼睛快,一定早瞧见那几匹乌鸦的了,不觉一吓,脚步登时也一停,——但只得往里走。使女们都迎出来,给他卸了弓箭,解下网兜。他仿佛觉得她们都在苦笑。

"太太……。"他擦过手脸,走进内房去,一面叫。

嫦娥正在看着圆窗外的暮天,慢慢回过头来,似理不理的向他看了一眼,没有答应。

故事新编

　　这种情形,羿倒久已习惯的了,至少已有一年多。他仍旧走近去,坐在对面的铺着脱毛的旧豹皮的木榻上,搔着头皮,支支梧梧地说——

　　"今天的运气仍旧不见佳,还是只有乌鸦……。"

　　"哼!"嫦娥将柳眉一扬,忽然站起来,风似的往外走,嘴里咕噜着,"又是乌鸦的炸酱面,又是乌鸦的炸酱面!你去问问去,谁家是一年到头只吃乌鸦肉的炸酱面的?我真不知道是走了什么运,竟嫁到这里来,整年的就吃乌鸦的炸酱面!"

　　"太太,"羿赶紧也站起,跟在后面,低声说,"不过今天倒还好,另外还射了一匹麻雀,可以给你做菜。女辛[4]!"他大声地叫使女,"你把那一匹麻雀拿过来请太太看!"

　　野味已经拿到厨房里去了,女辛便跑去挑出来,两手捧着,送在嫦娥的眼前。

　　"哼!"她瞥了一眼,慢慢地伸手一捏,不高兴地说,"一团糟!不是全都粉碎了么?肉在那里?"

　　"是的,"羿很惶恐,"射碎的。我的弓太强,箭头太大了。"

　　"你不能用小一点的箭头的么?"

　　"我没有小的。自从我射封豕长蛇[5]……。"

　　"这是封豕长蛇么?"她说着,一面回转头去对着女辛道,"放一碗汤罢!"便又退回房里去了。

　　只有羿呆呆地留在堂屋里,靠壁坐下,听着厨房里柴草爆炸的声音。他回忆当年的封豕是多么大,远远望去就像一坐小土冈,如果那时不去射杀它,留到现在,足可以吃半年,又何用天天愁饭菜。还有长蛇,也可以做羹喝……。

18

"哼!"嫦娥将柳眉一扬,忽然站起来,风似的往外走,嘴里咕噜着,"又是乌鸦的炸酱面,又是乌鸦的炸酱面!……"

女乙来点灯了,对面墙上挂着的彤弓,彤矢,卢弓,卢矢,弩机,[6]长剑,短剑,便都在昏暗的灯光中出现。羿看了一眼,就低了头,叹一口气;只见女辛搬进夜饭来,放在中间的案上,左边是五大碗白面;右边两大碗,一碗汤;中央是一大碗乌鸦肉做的炸酱。

羿吃着炸酱面,自己觉得确也不好吃;偷眼去看嫦娥,她炸酱是看也不看,只用汤泡了面,吃了半碗,又放下了。他觉得她脸上仿佛比往常黄瘦些,生怕她生了病。

到二更时,她似乎和气一些了,默坐在床沿上喝水。羿就坐在旁边的木榻上,手摩着脱毛的旧豹皮。

"唉,"他和蔼地说,"这西山的文豹,还是我们结婚以前射得的,那时多么好看,全体黄金光。"他于是回想当年的食物,熊是只吃四个掌,驼留峰,其余的就都赏给使女和家将们。后来大动物射完了,就吃野猪兔山鸡;射法又高强,要多少有多少。"唉,"他不觉叹息,"我的箭法真太巧妙了,竟射得遍地精光。那时谁料到只剩下乌鸦做菜……。"

"哼。"嫦娥微微一笑。

"今天总还要算运气的,"羿也高兴起来,"居然猎到一只麻雀。这是远绕了三十里路才找到的。"

"你不能走得更远一点的么?!"

"对。太太。我也这样想。明天我想起得早些。倘若你醒得早,那就叫醒我。我准备再远走五十里,看看可有些獐子兔子。……但是,怕也难。当我射封豕长蛇的时候,野兽是那么多。你还该记得罢,丈母的门前就常有黑熊走过,叫我去射了好几回……。"

"是么?"嫦娥似乎不大记得。

"谁料到现在竟至于精光的呢。想起来,真不知道将来怎么过日子。我呢,倒不要紧,只要将那道士送给我的金丹吃下去,就会飞升。但是我第一先得替你打算,……所以我决计明天再走得远一点……。"

"哼。"嫦娥已经喝完水,慢慢躺下,合上眼睛了。

残膏的灯火照着残妆,粉有些褪了,眼圈显得微黄,眉毛的黛色也仿佛两边不一样。但嘴唇依然红得如火;虽然并不笑,颊上也还有浅浅的酒窝。

"唉唉,这样的人,我就整年地只给她吃乌鸦的炸酱面……。"羿想着,觉得惭愧,两颊连耳根都热起来。

二

过了一夜就是第二天。

羿忽然睁开眼睛,只见一道阳光斜射在西壁上,知道时候不早了;看看嫦娥,兀自摊开了四肢沉睡着。他悄悄地披上衣服,爬下豹皮榻,蹩出堂前,一面洗脸,一面叫女庚去吩咐王升备马。

他因为事情忙,是早就废止了朝食[7]的;女乙将五个炊饼,五株葱和一包辣酱都放在网兜里,并弓箭一齐替他系在腰间。他将腰带紧了一紧,轻轻地跨出堂外面,一面告诉那正从对面进来的女庚道——

故事新编

"我今天打算到远地方去寻食物去,回来也许晚一些。看太太醒后,用过早点心,有些高兴的时候,你便去禀告,说晚饭请她等一等,对不起得很。记得么?你说:对不起得很。"

他快步出门,跨上马,将站班的家将们扔在脑后,不一会便跑出村庄了。前面是天天走熟的高粱田,他毫不注意,早知道什么也没有的。加上两鞭,一径飞奔前去,一气就跑了六十里上下,望见前面有一簇很茂盛的树林,马也喘气不迭,浑身流汗,自然慢下去了。大约又走了十多里,这才接近树林,然而满眼是胡蜂,粉蝶,蚂蚁,蚱蜢,那里有一点禽兽的踪迹。他望见这一块新地方时,本以为至少总可以有一两匹狐儿兔儿的,现在才知道又是梦想。他只得绕出树林,看那后面却又是碧绿的高粱田,远处散点着几间小小的土屋。风和日暖,鸦雀无声。

"倒楣!"他尽量地大叫了一声,出出闷气。

但再前行了十多步,他即刻心花怒放了,远远地望见一间土屋外面的平地上,的确停着一匹飞禽,一步一啄,像是很大的鸽子。他慌忙拈弓搭箭,引满弦,将手一放,那箭便流星般出去了。

这是无须迟疑的,向来有发必中;他只要策马跟着箭路飞跑前去,便可以拾得猎物。谁知道他将要临近,却已有一个老婆子捧着带箭的大鸽子,大声嚷着,正对着他的马头抢过来。

"你是谁哪?怎么把我家的顶好的黑母鸡射死了?你的手怎的有这么闲哪?……"

羿的心不觉跳了一跳,赶紧勒住马。

"你是谁哪？怎么把我家的顶好的黑母鸡射死了？你的手怎的有这么闲哪？……"

"阿呀！鸡么？我只道是一只鹁鸪。"他惶恐地说。

"瞎了你的眼睛！看你也有四十多岁了罢。"

"是的。老太太。我去年就有四十五岁了[8]。"

"你真是枉长白大！连母鸡也不认识,会当作鹁鸪！你究竟是谁哪？"

"我就是夷羿。"他说着,看看自己所射的箭,是正贯了母鸡的心,当然死了,末后的两个字便说得不大响亮;一面从马上跨下来。

"夷羿？……谁呢？我不知道。"她看着他的脸,说。

"有些人是一听就知道的。尧爷的时候,我曾经射死过几匹野猪,几条蛇……。"

"哈哈,骗子！那是逢蒙[9]老爷和别人合伙射死的。也许有你在内罢；但你倒说是你自己了,好不识羞！"

"阿阿,老太太。逢蒙那人,不过近几年时常到我那里来走走,我并没有和他合伙,全不相干的。"

"说诳。近来常有人说,我一月就听到四五回。"

"那也好。我们且谈正经事罢。这鸡怎么办呢？"

"赔。这是我家最好的母鸡,天天生蛋。你得赔我两柄锄头,三个纺锤。"

"老太太,你瞧我这模样,是不耕不织的,那里来的锄头和纺锤。我身边又没有钱,只有五个炊饼,倒是白面做的,就拿来赔了你的鸡,还添上五株葱和一包甜辣酱。你以为怎样？……"他一只手去网兜里掏炊饼,伸出那一只手去取鸡。

老婆子看见白面的炊饼,倒有些愿意了,但是定要十五个。磋商的结果,好容易才定为十个,约好至迟明天正午送到,就用那射鸡的箭作抵押。羿这时才放了心,将死鸡塞进网兜里,跨上鞍鞯,回马就走,虽然肚饿,心里却很喜欢,他们不喝鸡汤实在已经有一年多了。

他绕出树林时,还是下午,于是赶紧加鞭向家里走;但是马力乏了,刚到走惯的高粱田近旁,已是黄昏时候。只见对面远处有人影子一闪,接着就有一枝箭忽地向他飞来。[10]

羿并不勒住马,任它跑着,一面却也拈弓搭箭,只一发,只听得铮的一声,箭尖正触着箭尖,在空中发出几点火花,两枝箭便向上挤成一个"人"字,又翻身落在地上了。第一箭刚刚相触,两面立刻又来了第二箭,还是铮的一声,相触在半空中。那样地射了九箭,羿的箭都用尽了;但他这时已经看清逢蒙得意地站在对面,却还有一枝箭搭在弦上正在瞄准他的咽喉。

"哈哈,我以为他早到海边摸鱼去了,原来还在这些地方干这些勾当,怪不得那老婆子有那些话……。"羿想。

那时快,对面是弓如满月,箭似流星。飕的一声,径向羿的咽喉飞过来。也许是瞄准差了一点了,却正中了他的嘴;一个筋斗,他带箭掉下马去了,马也就站住。

逢蒙见羿已死,便慢慢地蹩过来,微笑着去看他的死脸,当作喝一杯胜利的白干。

刚在定睛看时,只见羿张开眼,忽然直坐起来。

"你真是白来了一百多回。"他吐出箭,笑着说,"难道连我的'啮镞法'[11]都没有知道么?这怎么行。你闹这些小玩艺儿是不行的,偷去的拳头打不死本人,要自己练练才好。"

"即以其人之道,反诸其人之身……。"胜者低声说。

"哈哈哈!"他一面大笑,一面站了起来,"又是引经据典。但这些话你只可以哄哄老婆子,本人面前捣什么鬼?俺向来就只是打猎,没有弄过你似的剪径的玩艺儿……。"他说着,又看看网兜里的母鸡,倒并没有压坏,便跨上马,径自走了。

"……你打了丧钟!……"远远地还送来叫骂。

"真不料有这样没出息。青青年纪,倒学会了诅咒,怪不得那老婆子会那么相信他。"羿想着,不觉在马上绝望地摇了摇头。

三

还没有走完高粱田,天色已经昏黑;蓝的空中现出明星来,长庚在西方格外灿烂。马只能认着白色的田塍走,而且早已筋疲力竭,自然走得更慢了。幸而月亮却在天际渐渐吐出银白的清辉。

"讨厌!"羿听到自己的肚子里骨碌骨碌地响了一阵,便在马上焦躁了起来。"偏是谋生忙,便偏是多碰到些无聊事,白费工夫!"他将两腿在马肚子上一磕,催它快走,但马却只将后半身一扭,照旧地慢腾腾。

"嫦娥一定生气了,你看今天多么晚。"他想。"说不定要装怎样的脸给我看哩。但幸而有这一只小母鸡,可以引她高兴。我只要说:太太,这是我来回跑了二百里路才找来的。不,不好,这话似乎太逞能。"

羿忽然心惊肉跳起来,觉得嫦娥是因为气忿寻了短见了……

他望见人家的灯火已在前面,一高兴便不再想下去了。马也不待鞭策,自然飞奔。圆的雪白的月亮照着前途,凉风吹脸,真是比大猎回来时还有趣。

马自然而然地停在垃圾堆边;羿一看,仿佛觉得异样,不知怎地似乎家里乱毿毿。迎出来的也只有一个赵富。

"怎的?王升呢?"他奇怪地问。

"王升到姚家找太太去了。"

"什么?太太到姚家去了么?"羿还呆坐在马上,问。

"喳……。"他一面答应着,一面去接马缰和马鞭。

羿这才爬下马来,跨进门,想了一想,又回过头去问道——

"不是等不迭了,自己上饭馆去了么?"

"喳。三个饭馆,小的都去问过了,没有在。"

羿低了头,想着,往里面走,三个使女都惶惑地聚在堂前。他便很诧异,大声的问道——

"你们都在家么?姚家,太太一个人不是向来不去的么?"

她们不回答,只看看他的脸,便来给他解下弓袋和箭壶和装着小母鸡的网兜。羿忽然心惊肉跳起来,觉得嫦娥是因为气忿寻了短见了,便叫女庚去叫赵富来,要他到后园的池里树上去看一遍。但他一跨进房,便知道这推测是不确的了:房里也很乱,衣箱是开着,向床里一看,首先就看出失少了首饰箱。他这时正如头上淋了一盆冷水,金珠自然不算什么,然而那道士送给他的仙药,也就放在这首饰箱里的。

羿转了两个圆圈,才看见王升站在门外面。

"回老爷,"王升说,"太太没有到姚家去;他们今天也不打牌。"

羿看了他一眼,不开口。王升就退出去了。

"老爷叫?……"赵富上来,问。

羿将头一摇,又用手一挥,叫他也退出去。

羿又在房里转了几个圈子,走到堂前,坐下,仰头看着对面壁上的彤弓,彤矢,卢弓,卢矢,弩机,长剑,短剑,想了些时,才问那呆立在下面的使女们道——

"太太是什么时候不见的?"

"掌灯时候就不看见了,"女乙说,"可是谁也没见她走出去。"

"你们可见太太吃了那箱里的药没有?"

"那倒没有见。但她下午要我倒水喝是有的。"

羿急得站了起来,他似乎觉得,自己一个人被留在地上了。

"你们看见有什么向天上飞升的么?"他问。

"哦!"女辛想了一想,大悟似的说,"我点了灯出去的时候,的确看见一个黑影向这边飞去的,但我那时万想不到是太太……。"于是她的脸色苍白了。

"一定是了!"羿在膝上一拍,即刻站起,走出屋外去,回头问着女辛道,"那边?"

女辛用手一指,他跟着看去时,只见那边是一轮雪白的圆月,挂在空中,其中还隐约现出楼台,树木;当他还是孩子时候祖母讲给他听的月宫中的美景,他依稀记得起来了。他对着

故事新编

浮游在碧海里似的月亮,觉得自己的身子非常沉重。

他忽然愤怒了。从愤怒里又发了杀机,圆睁着眼睛,大声向使女们叱咤道——

"拿我的射日弓来!和三枝箭!"

女乙和女庚从堂屋中央取下那强大的弓,拂去尘埃,并三枝长箭都交在他手里。

他一手拈弓,一手捏着三枝箭,都搭上去,拉了一个满弓,正对着月亮。身子是岩石一般挺立着,眼光直射,闪闪如岩下电[12],须发开张飘动,像黑色火,这一瞬息,使人仿佛想见他当年射日[13]的雄姿。

飕的一声,——只一声,已经连发了三枝箭,刚发便搭,一搭又发,眼睛不及看清那手法,耳朵也不及分别那声音。本来对面是虽然受了三枝箭,应该都聚在一处的,因为箭箭相衔,不差丝发。但他为必中起见,这时却将手微微一动,使箭到时分成三点,有三个伤。

使女们发一声喊,大家都看见月亮只一抖,以为要掉下来了,——但却还是安然地悬着,发出和悦的更大的光辉,似乎毫无伤损。

"呔!"羿仰天大喝一声,看了片刻;然而月亮不理他。他前进三步,月亮便退了三步;他退三步,月亮却又照数前进了。

他们都默着,各人看各人的脸。

羿懒懒地将射日弓靠在堂门上,走进屋里去。使女们也一齐跟着他。

"唉,"羿坐下,叹一口气,"那么,你们的太太就永远一个

30

人快乐了。她竟忍心撇了我独自飞升？莫非看得我老起来了？但她上月还说：并不算老，若以老人自居，是思想的堕落。"

"这一定不是的。"女乙说，"有人说老爷还是一个战士。"

"有时看去简直好像艺术家。"女辛说。

"放屁！——不过乌老鸦的炸酱面确也不好吃，难怪她忍不住……。"

"那豹皮褥子脱毛的地方，我去剪一点靠墙的脚上的皮来补一补罢，怪不好看的。"女辛就往房里走。

"且慢，"羿说着，想了一想，"那倒不忙。我实在饿极了，还是赶快去做一盘辣子鸡，烙五斤饼来，给我吃了好睡觉。明天再去找那道士要一服仙药，吃了追上去罢。女庚，你去吩咐王升，叫他量四升白豆喂马！"

一九二六年十二月作。

*　　　*　　　*

〔1〕 本篇最初发表于1927年1月25日北京《莽原》半月刊第二卷第二期。

〔2〕 羿　亦称夷羿，我国古代传说中善射的英雄。据古书记载，帝喾时有羿，尧时和夏代太康时也有羿，他们都以善射著称，而事迹又往往混为一人。《尚书·五子之歌》唐代孔颖达疏引东汉贾逵等人的话，以为"'羿'是善射之号，非复人之名字"；这样，传说中的羿大概是集古代许多善射者的事迹于一身的人物。

〔3〕 嫦娥　古代神话中人物。关于嫦娥奔月的神话，据《淮南子·览冥训》："羿请不死之药于西王母，姮娥窃以奔月。"东汉高诱注："姮

31

故事新编

娥,羿妻。羿请不死之药于西王母,未及服之;姮娥盗食之,得仙,奔入月中,为月精也。"按嫦娥原作姮娥,汉代人因避文帝(刘恒)讳改为嫦娥。

〔4〕 女辛　商王以十干(天干)为庙号,王室以外,也有用十干为名的;这里的女辛以及下面的女乙、女庚等,都是作者据此虚拟的人名。

〔5〕 羿射封豕长蛇的传说,据《淮南子·本经训》:"尧之时,……封豨、修蛇皆为民害。尧乃使羿,……断修蛇于洞庭,禽封豨于桑林。"封豨,大野猪;修蛇,长蛇。

〔6〕 彤弓彤矢　红色的弓和矢。卢弓卢矢,黑色的弓和矢。弩机,是弩上发矢的机括,一称弩牙。

〔7〕 废止了朝食　过去有一些人为了"健康不老",提倡节食。蒋维乔曾据日本美岛近一郎的著作"辑述"而成《废止朝食论》一书,1915年6月上海商务印书馆出版。

〔8〕 这里"去年就有四十五岁了"的话以及下文好几处文字,都与当时高长虹攻击鲁迅的事件有关。高长虹(1898—约1956),山西盂县人,狂飙社主要成员。他在1924年12月认识鲁迅后,曾得到鲁迅很多指导和帮助。他的第一本散文和诗的合集《心的探险》,即由鲁迅选辑并编入《乌合丛书》。鲁迅在1925年编辑《莽原》周刊时,他是该刊经常的撰稿者之一。但至1926年下半年,他因《莽原》半月刊的编者韦素园(当时鲁迅已离开北京到厦门大学任教,《莽原》自1926年起改为半月刊)压下了向培良的一篇稿子,即对韦素园等进行指责,并对鲁迅表示不满;同时又利用鲁迅的名字进行自我宣传,如登在当年8月《新女性》月刊上的狂飙社(他和向培良等所组织的文艺团体)广告中,冒称他们曾与鲁迅合办《莽原》,合编《乌合丛书》等,并暗示读者好像鲁迅也参与他们的所谓"狂飙运动"。鲁迅当时曾发表《所谓"思想界先驱者"鲁迅启事》(后收入《华盖集续编》)予以揭露和澄清,高长虹即进而攻击鲁

迅,在他所写的《走到出版界》中不断地对鲁迅进行诋毁。这篇小说中逢蒙这个形象含有高长虹的影子。鲁迅在1927年1月11日给许广平的信中提到这篇作品时说:"那时就做了一篇小说,和他(按指高长虹)开了一些小玩笑"(《两地书·一一二》)。小说中有些对话也是摘取高长虹所写《走到出版界》中的文句略加改动而成。如这里的"去年就有四十五岁了"以及下文的"若以老人自居,是思想的堕落"等语,都引自其中的一篇《1925北京出版界形势指掌图》:"须知年龄尊卑,是乃祖乃父们的因袭思想,在新的时代是最大的阻碍物。鲁迅去年不过四十五岁……如自谓老人,是精神的堕落!"又如下文"你真是白来了一百多回",也是针对高长虹在这篇《指掌图》中自称与鲁迅"会面不只百次"的话而说的。"即以其人之道,反诸其人之身",是引自其中的《公理与正义的谈话》:"正义:我深望彼等觉悟,但恐不容易吧!公理:我即以其人之道反诸其人之身。"还有,"你打了丧钟",是引自其中的《时代的命运》:"鲁迅先生已不着言语而敲了旧时代的丧钟。""有人说老爷还是一个战士","有时看去简直好像艺术家",也是从《指掌图》中引来:"他(按指鲁迅)所给与我的印象,实以此一短促的时期(按指1924年末)为最清新,彼此时实为一真正的艺术家的面目,过此以往,则递降而至一不很高明而却奋勇的战士的面目。"(《走到出版界》是高长虹在他所主编的《狂飙》周刊上连续发表的零星批评文字的总题,后来出版单行本。)

〔9〕 逢蒙　我国古代善射的人,相传他是羿的弟子。《吴越春秋·勾践阴谋外传》:"黄帝之后,楚有弧父,……习用弓矢,所射无脱;以其道传于羿,羿传逢蒙。"

〔10〕 逢蒙射羿的故事,在《孟子·离娄》中有如下的记载:"逢蒙学射于羿,尽羿之道;思天下惟羿为愈己,于是杀羿。"又《列子·汤问》有关于飞卫的故事:"(飞卫)学射于甘蝇;……纪昌者,又学射于飞卫,……纪昌既尽卫之术,计天下之敌己者,一人而已;乃谋杀飞卫。相遇于野,

二人交射,中路矢锋相触而坠于地,而尘不扬。飞卫之矢先穷,纪昌遗一矢,既发,飞卫以棘刺之端扦(捍)之而无差焉。"

〔11〕 "啮镞法" 《太平御览》卷三五〇引有《列子》的如下记载:"飞卫学射于甘蝇,诸法并善,唯啮法不教。卫密将矢以射蝇,蝇啮得镞矢射卫,卫绕树而走,矢亦绕树而射。"(按今本《列子》无此文。)

〔12〕 闪闪如岩下电 语出《世说新语·容止》,王衍称裴楷"双眸闪闪若岩下电"。

〔13〕 射日 《淮南子·本经训》:"尧之时,十日并出,焦禾稼,杀草木,而民无所食。……尧乃使羿,……上射十日。"高诱注:"十日并出,羿射去九。"

理　水[1]

一

　　这时候是"汤汤洪水方割,浩浩怀山襄陵"[2];舜爷[3]的百姓,倒并不都挤在露出水面的山顶上,有的捆在树顶,有的坐着木排,有些木排上还搭有小小的板棚,从岸上看起来,很富于诗趣。

　　远地里的消息,是从木排上传过来的。大家终于知道鲧大人因为治了九整年的水,什么效验也没有,上头龙心震怒,把他充军到羽山去了,[4]接任的好像就是他的儿子文命少爷,乳名叫作阿禹。[5]

　　灾荒得久了,大学早已解散,连幼稚园也没有地方开,所以百姓们都有些混混沌沌。只在文化山上[6],还聚集着许多学者,他们的食粮,是都从奇肱国[7]用飞车运来的,因此不怕缺乏,因此也能够研究学问。然而他们里面,大抵是反对禹的,或者简直不相信世界上真有这个禹。

　　每月一次,照例的半空中要簌簌的发响,愈响愈厉害,飞车看得清楚了,车上插一张旗,画着一个黄圆圈在发毫光。离地五尺,就挂下几只篮子来,别人可不知道里面装的是什么,只听得上下在讲话:

"古貌林!"[8]

"好杜有图!"[9]

"古鲁几哩……"

"O.K!"[10]

飞车向奇肱国疾飞而去,天空中不再留下微声,学者们也静悄悄,这是大家在吃饭。独有山周围的水波,撞着石头,不住的澎湃的在发响。午觉醒来,精神百倍,于是学说也就压倒了涛声了。

"禹来治水,一定不成功,如果他是鲧的儿子的话,"一个拿拄杖的学者说。"我曾经搜集了许多王公大臣和豪富人家的家谱,很下过一番研究工夫,得到一个结论:阔人的子孙都是阔人,坏人的子孙都是坏人——这就叫作'遗传'。所以,鲧不成功,他的儿子禹一定也不会成功,因为愚人是生不出聪明人来的!"

"O.K!"一个不拿拄杖的学者说。

"不过您要想想咱们的太上皇[11],"别一个不拿拄杖的学者道。

"他先前虽然有些'顽',现在可是改好了。倘是愚人,就永远不会改好……"

"O.K!"

"这这些些都是费话,"又一个学者吃吃的说,立刻把鼻尖胀得通红。"你们是受了谣言的骗的。其实并没有所谓禹,'禹'是一条虫,虫虫会治水的吗?我看鲧也没有的,'鲧'是一条鱼,鱼鱼会治水水水的吗?"他说到这里,把两脚一蹬,显得非常用劲。

"不过鲧却的确是有的,七年以前,我还亲眼看见他到昆仑山脚下去赏梅花的。"

"那么,他的名字弄错了,他大概不叫'鲧',他的名字应该叫'人'!至于禹,那可一定是一条虫,我有许多证据,可以证明他的乌有,叫大家来公评……"

于是他勇猛的站了起来,摸出削刀,刮去了五株大松树皮,用吃剩的面包末屑和水研成浆,调了炭粉,在树身上用很小的蝌蚪文写上抹杀阿禹的考据,足足化掉了三九廿七天工夫。但是凡有要看的人,得拿出十片嫩榆叶,如果住在木排上,就改给一贝壳鲜水苔。

横竖到处都是水,猎也不能打,地也不能种,只要还活着,所有的是闲工夫,来看的人倒也很不少。松树下挨挤了三天,到处都发出叹息的声音,有的是佩服,有的是疲劳。但到第四天的正午,一个乡下人终于说话了,这时那学者正在吃炒面。

"人里面,是有叫作阿禹的,"乡下人说。"况且'禹'也不是虫,这是我们乡下人的简笔字,老爷们都写作'禹',[12]是大猴子……"

"人有叫作大大猴子的吗?……"学者跳起来了,连忙咽下没有嚼烂的一口面;鼻子红到发紫,吆喝道。

"有的呀,连叫阿狗阿猫的也有。"

"鸟头先生,您不要和他去辩论了,"拿拄杖的学者放下面包,拦在中间,说。"乡下人都是愚人。拿你的家谱来,"他又转向乡下人,大声道,"我一定会发现你的上代都是愚人……"

37

"我就从来没有过家谱……"

"呸,使我的研究不能精密,就是你们这些东西可恶!"

"不过这这也用不着家谱,我的学说是不会错的。"鸟头先生更加愤愤的说。"先前,许多学者都写信来赞成我的学说,那些信我都带在这里……"

"不不,那可应该查家谱……"

"但是我竟没有家谱,"那"愚人"说。"现在又是这么的人荒马乱,交通不方便,要等您的朋友们来信赞成,当作证据,真也比螺蛳壳里做道场还难。证据就在眼前:您叫鸟头先生,莫非真的是一个鸟儿的头,并不是人吗?"

"哼!"鸟头先生气忿到连耳轮都发紫了。"你竟这样的侮辱我!说我不是人!我要和你到皋陶[13]大人那里去法律解决!如果我真的不是人,我情愿大辟——就是杀头呀,你懂了没有?要不然,你是应该反坐的。你等着罢,不要动,等我吃完了炒面。"

"先生,"乡下人麻木而平静的回答道,"您是学者,总该知道现在已是午后,别人也要肚子饿的。可恨的是愚人的肚子却和聪明人的一样:也要饿。真是对不起得很,我要捞青苔去了,等您上了呈子之后,我再来投案罢。"于是他跳上木排,拿起网兜,捞着水草,泛泛的远开去了。看客也渐渐的走散,鸟头先生就红着耳轮和鼻尖从新吃炒面,拿挂杖的学者在摇头。

然而"禹"究竟是一条虫,还是一个人呢,却仍然是一个大疑问。

二

禹也真好像是一条虫。

大半年过去了,奇肱国的飞车已经来过八回,读过松树身上的文字的木排居民,十个里面有九个生了脚气病,治水的新官却还没有消息。直到第十回飞车来过之后,这才传来了新闻,说禹是确有这么一个人的,正是鲧的儿子,也确是简放[14]了水利大臣,三年之前,已从冀州启节[15],不久就要到这里了。

大家略有一点兴奋,但又很淡漠,不大相信,因为这一类不甚可靠的传闻,是谁都听得耳朵起茧了的。

然而这一回却又像消息很可靠,十多天之后,几乎谁都说大臣的确要到了,因为有人出去捞浮草,亲眼看见过官船;他还指着头上一块乌青的疙瘩,说是为了回避得太慢一点了,吃了一下官兵的飞石:这就是大臣确已到来的证据。这人从此就很有名,也很忙碌,大家都争先恐后的来看他头上的疙瘩,几乎把木排踏沉;后来还经学者们召了他去,细心研究,决定了他的疙瘩确是真疙瘩,于是使鸟头先生也不能再执成见,只好把考据学让给别人,自己另去搜集民间的曲子了。

一大阵独木大舟的到来,是在头上打出疙瘩的大约二十多天之后,每只船上,有二十名官兵打桨,三十名官兵持矛,前后都是旗帜;刚靠山顶,绅士们和学者们已在岸上列队恭迎,过了大半天,这才从最大的船里,有两位中年的胖胖的大员出现,约略二十个穿虎皮的武士簇拥着,和迎接的人们一同到最高巅的石屋里去了。

大家在水陆两面,探头探脑的悉心打听,才明白原来那两位只是考察的专员,却并非禹自己。

大员坐在石屋的中央,吃过面包,就开始考察。

"灾情倒并不算重,粮食也还可敷衍,"一位学者们的代表,苗民言语学专家说。"面包是每月会从半空中掉下来的;鱼也不缺,虽然未免有些泥土气,可是很肥,大人。至于那些下民,他们有的是榆叶和海苔,他们'饱食终日,无所用心',——就是并不劳心,原只要吃这些就够。我们也尝过了,味道倒并不坏,特别得很……"

"况且,"别一位研究《神农本草》[16]的学者抢着说,"榆叶里面是含有维他命 W [17]的;海苔里有碘质,可医瘰疬病,两样都极合于卫生。"

"O.K!"又一个学者说。大员们瞪了他一眼。

"饮料呢,"那《神农本草》学者接下去道,"他们要多少有多少,一万代也喝不完。可惜含一点黄土,饮用之前,应该蒸馏一下的。敝人指导过许多次了,然而他们冥顽不灵,绝对的不肯照办,于是弄出数不清的病人来……"

"就是洪水,也还不是他们弄出来的吗?"一位五绺长须,身穿酱色长袍的绅士又抢着说。"水还没来的时候,他们懒着不肯填,洪水来了的时候,他们又懒着不肯戽……"

"是之谓失其性灵,"坐在后一排,八字胡子的伏羲朝小品文学家笑道。"吾尝登帕米尔之原,天风浩然,梅花开矣,白云飞矣,金价涨矣,耗子眠矣,见一少年,口衔雪茄,面有蚩尤氏之雾……哈哈哈!没有法子……"[18]

"O.K!"

这样的谈了小半天。大员们都十分用心的听着,临末是叫他们合拟一个公呈,最好还有一种条陈,沥述着善后的方法。

于是大员们下船去了。第二天,说是因为路上劳顿,不办公,也不见客;第三天是学者们公请在最高峰上赏偃盖古松,下半天又同往山背后钓黄鳝,一直玩到黄昏。第四天,说是因为考察劳顿了,不办公,也不见客;第五天的午后,就传见下民的代表。

下民的代表,是四天以前就在开始推举的,然而谁也不肯去,说是一向没有见过官。于是大多数就推定了头有疙瘩的那一个,以为他曾有见过官的经验。已经平复下去的疙瘩,这时忽然针刺似的痛起来了,他就哭着一口咬定:做代表,毋宁死!大家把他围起来,连日连夜的责以大义,说他不顾公益,是利己的个人主义者,将为华夏所不容;激烈点的,还至于捏起拳头,伸在他的鼻子跟前,要他负这回的水灾的责任。他渴睡得要命,心想与其逼死在木排上,还不如冒险去做公益的牺牲,便下了绝大的决心,到第四天,答应了。

大家就都称赞他,但几个勇士,却又有些妒忌。

就是这第五天的早晨,大家一早就把他拖起来,站在岸上听呼唤。果然,大员们呼唤了。他两腿立刻发抖,然而又立刻下了绝大的决心,决心之后,就又打了两个大呵欠,肿着眼眶,

故事新编

自己觉得好像脚不点地,浮在空中似的走到官船上去了。

奇怪得很,持矛的官兵,虎皮的武士,都没有打骂他,一直放进了中舱。舱里铺着熊皮,豹皮,还挂着几副弩箭,摆着许多瓶罐,弄得他眼花缭乱。定神一看,才看见在上面,就是自己的对面,坐着两位胖大的官员。什么相貌,他不敢看清楚。

"你是百姓的代表吗?"大员中的一个问道。

"他们叫我上来的。"他眼睛看着铺在舱底上的豹皮的艾叶一般的花纹,回答说。

"你们怎么样?"

"……"他不懂意思,没有答。

"你们过得还好么?"

"托大人的鸿福,还好……"他又想了一想,低低的说道,"敷敷衍衍……混混……"

"吃的呢?"

"有,叶子呀,水苔呀……"

"都还吃得来吗?"

"吃得来的。我们是什么都弄惯了的,吃得来的。只有些小畜生还要嚷,人心在坏下去哩,妈的,我们就揍他。"

大人们笑起来了,有一个对别一个说道:"这家伙倒老实。"

这家伙一听到称赞,非常高兴,胆子也大了,滔滔的讲述道:

"我们总有法子想。比如水苔,顶好是做滑溜翡翠汤,榆叶就做一品当朝羹。剥树皮不可剥光,要留下一道,那么,明

"吃得来的。我们是什么都弄惯了的,吃得来的。只有些小畜生还要嚷,人心在坏下去哩,妈的,我们就揍他。"

年春天树枝梢还是长叶子,有收成。如果托大人的福,钓到了黄鳝……"

然而大人好像不大爱听了,有一位也接连打了两个大呵欠,打断他的讲演道:"你们还是合具一个公呈来罢,最好是还带一个贡献善后方法的条陈。"

"我们可是谁也不会写……"他惴惴的说。

"你们不识字吗?这真叫作不求上进!没有法子,把你们吃的东西拣一份来就是!"

他又恐惧又高兴的退了出来,摸一摸疙瘩疤,立刻把大人的吩咐传给岸上,树上和排上的居民,并且大声叮嘱道:"这是送到上头去的呵!要做得干净,细致,体面呀!……"

所有居民就同时忙碌起来,洗叶子,切树皮,捞青苔,乱作一团。他自己是锯木版,来做进呈的盒子。有两片磨得特别光,连夜跑到山顶上请学者去写字,一片是做盒子盖的,求写"寿山福海",一片是给自己的木排上做扁额,以志荣幸的,求写"老实堂"。但学者却只肯写了"寿山福海"的一块。

三

当两位大员回到京都的时候,别的考察员也大抵陆续回来了,只有禹还在外。他们在家里休息了几天,水利局的同事们就在局里大排筵宴,替他们接风,份子分福禄寿三种,最少也得出五十枚大贝壳[19]。这一天真是车水马龙,不到黄昏时候,主客就全都到齐了,院子里却已经点起庭燎[20]来,鼎中的

卫兵们在昏黄中定睛一看,就恭恭敬敬的立正,举戈,放他们进去了……

牛肉香，一直透到门外虎贲[21]的鼻子跟前，大家就一齐咽口水。酒过三巡，大员们就讲了一些水乡沿途的风景，芦花似雪，泥水如金，黄鳝膏腴，青苔滑溜……等等。微醺之后，才取出大家采集了来的民食来，都装着细巧的木匣子，盖上写着文字，有的是伏羲八卦体[22]，有的是仓颉鬼哭体[23]，大家就先来赏鉴这些字，争论得几乎打架之后，才决定以写着"国泰民安"的一块为第一，因为不但文字质朴难识，有上古淳厚之风，而且立言也很得体，可以宣付史馆的。

评定了中国特有的艺术之后，文化问题总算告一段落，于是来考察盒子的内容了：大家一致称赞着饼样的精巧。然而大约酒也喝得太多了，便议论纷纷：有的咬一口松皮饼，极口叹赏它的清香，说自己明天就要挂冠归隐[24]，去享这样的清福；咬了柏叶糕的，却道质粗味苦，伤了他的舌头，要这样与下民共患难，可见为君难，为臣亦不易。有几个又扑上去，想抢下他们咬过的糕饼来，说不久就要开展览会募捐，这些都得去陈列，咬得太多是很不雅观的。

局外面也起了一阵喧嚷。一群乞丐似的大汉，面目黧黑，衣服破旧，竟冲破了断绝交通的界线，闯到局里来了。卫兵们大喝一声，连忙左右交叉了明晃晃的戈，挡住他们的去路。

"什么？——看明白！"当头是一条瘦长的莽汉，粗手粗脚的，怔了一下，大声说。

卫兵们在昏黄中定睛一看，就恭恭敬敬的立正，举戈，放他们进去了，只拦住了气喘吁吁的从后面追来的一个身穿深蓝土布袍子，手抱孩子的妇女。

"怎么？你们不认识我了吗？"她用拳头揩着额上的汗，诧异的问。

"禹太太，我们怎会不认识您家呢？"

"那么，为什么不放我进去的？"

"禹太太，这个年头儿，不大好，从今年起，要端风俗而正人心，男女有别了。现在那一个衙门里也不放娘儿们进去，不但这里，不但您。这是上头的命令，怪不着我们的。"

禹太太呆了一会，就把双眉一扬，一面回转身，一面嚷叫道：

"这杀千刀的！奔什么丧！走过自家的门口，看也不进来看一下，[25]就奔你的丧！做官做官，做官有什么好处，仔细像你的老子，做到充军，还掉在池子里变大忘八[26]！这没良心的杀千刀！……"

这时候，局里的大厅上也早发生了扰乱。大家一望见一群莽汉们奔来，纷纷都想躲避，但看不见耀眼的兵器，就又硬着头皮，定睛去看。奔来的也临近了，头一个虽然面貌黑瘦，但从神情上，也就认识他正是禹；其余的自然是他的随员。

这一吓，把大家的酒意都吓退了，沙沙的一阵衣裳声，立刻都退在下面。禹便一径跨到席上，在上面坐下，大约是大模大样，或者生了鹤膝风[27]罢，并不屈膝而坐，却伸开了两脚，把大脚底对着大员们，又不穿袜子，满脚底都是栗子一般的老茧。随员们就分坐在他的左右。

"大人是今天回京的？"一位大胆的属员，膝行而前了一点，恭敬的问。

"你们坐近一点来!"禹不答他的询问,只对大家说。"查的怎么样?"

大员们一面膝行而前,一面面面相觑,列坐在残筵的下面,看见咬过的松皮饼和啃光的牛骨头。非常不自在——却又不敢叫膳夫来收去。

"禀大人,"一位大员终于说。"倒还像个样子——印象甚佳。松皮水草,出产不少;饮料呢,那可丰富得很。百姓都很老实,他们是过惯了的。禀大人,他们都是以善于吃苦,驰名世界的人们。"

"卑职可是已经拟好了募捐的计划,"又一位大员说。"准备开一个奇异食品展览会,另请女隗[28]小姐来做时装表演。只卖票,并且声明会里不再募捐,那么,来看的可以多一点。"

"这很好。"禹说着,向他弯一弯腰。

"不过第一要紧的是赶快派一批大木筏去,把学者们接上高原来。"第三位大员说,"一面派人去通知奇肱国,使他们知道我们的尊崇文化,接济也只要每月送到这边来就好。学者们有一个公呈在这里,说的倒也很有意思,他们以为文化是一国的命脉,学者是文化的灵魂,只要文化存在,华夏也就存在,别的一切,倒还在其次……"

"他们以为华夏的人口太多了,"第一位大员道,"减少一些倒也是致太平之道。况且那些不过是愚民,那喜怒哀乐,也决没有智者所推想的那么精微的。知人论事,第一要凭主观。例如莎士比亚[29]……"

"放他妈的屁!"禹心里想,但嘴上却大声的说道:"我经过查考，知道先前的方法：'湮'，确是错误了。以后应该用'导'![30]！不知道诸位的意见怎么样？"

静得好像坟山；大员们的脸上也显出死色，许多人还觉得自己生了病，明天恐怕要请病假了。

"这是蚩尤的法子！"一个勇敢的青年官员悄悄的愤激着。

"卑职的愚见，窃以为大人是似乎应该收回成命的。"一位白须白发的大员，这时觉得天下兴亡，系在他的嘴上了，便把心一横，置死生于度外，坚决的抗议道："湮是老大人的成法。'三年无改于父之道，可谓孝矣。'——老大人升天还不到三年。"

禹一声也不响。

"况且老大人化过多少心力呢。借了上帝的息壤[31]，来湮洪水，虽然触了上帝的恼怒，洪水的深度可也浅了一点了。这似乎还是照例的治下去。"另一位花白须发的大员说，他是禹的母舅的干儿子。

禹一声也不响。

"我看大人还不如'幹父之蛊'[32]，"一位胖大官员看得禹不作声，以为他就要折服了，便带些轻薄的大声说，不过脸上还流出着一层油汗。"照着家法，挽回家声。大人大约未必知道人们在怎么讲说老大人罢……"

"要而言之，'湮'是世界上已有定评的好法子，"白须发的老官恐怕胖子闹出岔子来，就抢着说道。"别的种种，所谓'摩登'[33]者也，昔者蚩尤氏就坏在这一点上。"

禹微微一笑："我知道的。有人说我的爸爸变了黄熊，也有人说他变了三足鳖[34]，也有人说我在求名，图利。说就是了。我要说的是我查了山泽的情形，征了百姓的意见，已经看透实情，打定主意，无论如何，非'导'不可！这些同事，也都和我同意的。"

他举手向两旁一指。白须发的，花须发的，小白脸的，胖而流着油汗的，胖而不流油汗的官员们，跟着他的指头看过去，只见一排黑瘦的乞丐似的东西，不动，不言，不笑，像铁铸的一样。

四

禹爷走后，时光也过得真快，不知不觉间，京师的景况日见其繁盛了。首先是阔人们有些穿了茧绸袍，后来就看见大水果铺里卖着橘子和柚子，大绸缎店里挂着华丝葛；富翁的筵席上有了好酱油，清炖鱼翅，凉拌海参；再后来他们竟有熊皮褥子狐皮袿，那太太也戴上赤金耳环银手镯了。

只要站在大门口，也总有什么新鲜的物事看：今天来一车竹箭，明天来一批松板，有时抬过了做假山的怪石，有时提过了做鱼生的鲜鱼；有时是一大群一尺二寸长的大乌龟，都缩了头装着竹笼，载在车子上，拉向皇城那面去。

"妈妈，你瞧呀，好大的乌龟！"孩子们一看见，就嚷起来，跑上去，围住了车子。

"小鬼，快滚开！这是万岁爷的宝贝，当心杀头！"

然而关于禹爷的新闻，也和珍宝的入京一同多起来了。

百姓的檐前,路旁的树下,大家都在谈他的故事;最多的是他怎样夜里化为黄熊,[35]用嘴和爪子,一拱一拱的疏通了九河,以及怎样请了天兵天将,捉住兴风作浪的妖怪无支祁,镇在龟山的脚下。[36]皇上舜爷的事情,可是谁也不再提起了,至多,也不过谈谈丹朱太子[37]的没出息。

禹要回京的消息,原已传布得很久了,每天总有一群人站在关口,看可有他的仪仗的到来。并没有。然而消息却愈传愈紧,也好像愈真。一个半阴半晴的上午,他终于在百姓们的万头攒动之间,进了冀州的帝都了。前面并没有仪仗,不过一大批乞丐似的随员。临末是一个粗手粗脚的大汉,黑脸黄须,腿弯微曲,双手捧着一片乌黑的尖顶的大石头——舜爷所赐的"玄圭"[38],连声说道"借光,借光,让一让,让一让",从人丛中挤进皇宫里去了。

百姓们就在宫门外欢呼,议论,声音正好像浙水的涛声[39]一样。

舜爷坐在龙位上,原已有了年纪,不免觉得疲劳,这时又似乎有些惊骇。禹一到,就连忙客气的站起来,行过礼,皋陶先去应酬了几句,舜才说道:

"你也讲几句好话我听呀。"

"哼,我有什么说呢?"禹简截的回答道。"我就是想,每天孳孳!"

"什么叫作'孳孳'?"皋陶问。

"洪水滔天,"禹说,"浩浩怀山襄陵,下民都浸在水里。我走旱路坐车,走水路坐船,走泥路坐橇,走山路坐轿。到一座山,砍一通树,和益俩给大家有饭吃,有肉吃。放田水入川,放川水入海,和稷俩给大家有难得的东西吃。东西不够,就调有余,补不足。搬家。大家这才静下来了,各地方成了个样子。"

"对啦对啦,这些话可真好!"皋陶称赞道。

"唉!"禹说。"做皇帝要小心,安静。对天有良心,天才会仍旧给你好处!"

舜爷叹一口气,就托他管理国家大事,有意见当面讲,不要背后说坏话。看见禹都答应了,又叹一口气,道:"莫像丹朱的不听话,只喜欢游荡,旱地上要撑船,在家里又捣乱,弄得过不了日子,这我可真看的不顺眼!"

"我讨过老婆,四天就走,"禹回答说。"生了阿启,也不当他儿子看。所以能够治了水,分作五圈,简直有五千里,计十二州,直到海边,立了五个头领,都很好。只是有苗可不行,你得留心点!"

"我的天下,真是全仗的你的功劳弄好的!"舜爷也称赞道。

于是皋陶也和舜爷一同肃然起敬,低了头;退朝之后,他就赶紧下一道特别的命令,叫百姓都要学禹的行为,倘不然,立刻就算是犯了罪。

这使商家首先起了大恐慌。但幸而禹爷自从回京以后,态度也改变一点了:吃喝不考究,但做起祭祀和法事来,是阔绰的;衣服很随便,但上朝和拜客时候的穿著,是要漂亮的。所以市面仍旧不很受影响,不多久,商人们就又说禹爷的行为真该学,皋爷的新法令也很不错;终于太平到连百兽都会跳

终于太平到连百兽都会跳舞,凤凰也飞来凑热闹了。

舞,凤凰也飞来凑热闹了。[40]

一九三五年十一月作。

*　　　　*　　　　*

〔1〕 本篇在收入本书之前,没有在报刊上发表过。

〔2〕 "汤汤洪水方割,浩浩怀山襄陵" 语出《尚书·尧典》:"汤汤洪水方割,荡荡怀山襄陵,浩浩滔天。"汉代孔安国注:"割,害也。""怀,包;襄,上也。"意思是说:洪水为害,浩浩荡荡地包围着山并且淹上了部分的丘陵。

〔3〕 舜 我国古代传说中的帝王。号有虞氏,通称虞舜。相传尧时洪水泛滥,舜继位后,命禹治水,才将水患平息。

〔4〕 关于鲧治水的故事,《史记·夏本纪》中有如下记载:"当帝尧之时,鸿水滔天,浩浩怀山襄陵,下民其忧。尧求能治水者,群臣四岳皆曰鲧可。……于是尧听四岳,用鲧治水。九年而水不息,功用不成。于是帝尧乃求人,更得舜。舜登用,摄行天子之政,巡狩,行视鲧之治水无状,乃殛鲧于羽山以死。天下皆以舜之诛为是。"按"殛"通常解作"诛"的意思,但《尚书·舜典》唐代孔颖达疏则以为"流"、"放"、"窜"、"殛""俱是流徙";照这说法,则鲧是被流放到羽山后死在那里的。

〔5〕 禹 我国古代的治水英雄,夏朝的建立者。《史记·夏本纪》说禹"名曰文命",在他的父亲鲧被殛以后,奉命治水:"尧崩,帝舜问四岳曰:'有能成美尧之事(按即治水之事)者,使居官。'皆曰:'伯禹为司空,可成美尧之功。'舜曰:'嗟,然!'命禹:'女(汝)平水土,维是勉之!'禹拜稽首,让于契、后稷、皋陶。舜曰:'女其往视尔事矣!'"关于他治水事迹的传说,在《尚书》、《孟子》及其他先秦古籍中多有记述。

〔6〕 本篇作为插曲所写的聚集在"文化山"上的学者们的活动,是对 1932 年 10 月北平文教界江瀚、刘复、徐炳昶、马衡等三十余人向

国民党政府建议明定北平为"文化城"一事的讽刺。当时日本帝国主义已经侵占我国东北，华北也处在危殆中；国民党政府实行不抵抗政策，放弃东北之后，又准备从华北撤退，已开始准备把北平所藏的古文物搬到南京。江瀚等想阻止古文物南移，却以北平在政治和军事上都没有重要性为理由，提出请国民党政府从北平撤除军备，把它划为一个不设防的文化区域的主张。他们在意见书中说，北平有很多珍贵文物，它们都"是国家命脉，国民精神寄托之所在……是断断不可以牺牲的"。又说："因为北平有种种文化设备，所以全国各种学问的专门学者，大多荟萃在北平……一旦把北平所有种种文化设备都挪开，这些学者们当然不免要随着星散。"要求"政府明定北平为文化城，将一切军事设备，挪往保定。"（见1932年10月6日北平《世界日报》）这种主张实际上适应了日军的进攻和国民党的不抵抗政策的需要。本篇在"文化山"的插曲中所讽刺的就是江瀚等的呈文中的言论，其中几个学者，是以当时文化界一些具有代表性的人物为模型的。"一个拿拄杖的学者"，暗指"优生学家"潘光旦。潘曾根据一些江南望族世家的族谱来解释人种遗传现象，著有《明清两代嘉兴的望族》等书。鸟头先生，暗指考据学家顾颉刚，他曾据《说文解字》对"鲧"字和"禹"字的解释，说鲧是鱼，禹是蜥蜴之类的虫（见《古史辨》第一册六三、一一九页）。"鸟头"这个名字也从"顧"字而来，据《说文解字》，顧字从页隹声，隹是鸟名，页本义是头。顾颉刚曾在北京大学研究所歌谣研究会工作，搜集苏州歌谣，出版过一册《吴歌甲集》，所以下文说鸟头先生"另去搜集民间的曲子了"。

〔7〕 奇肱国　见《山海经·海外西经》："奇肱之国，在其北，其人一臂三目，有阴有阳，乘文马。"晋代郭璞注："其人善为机巧，以取百禽，能作飞车，从风远行。"

〔8〕 古貌林　英语 Good morning 的音译，意为"早安"。

〔9〕 好杜有图　英语 How do you do 的音译，意为"你好"。

〔10〕 O.K 美国式的英语:"对啦。"

〔11〕 太上皇 指舜的父亲瞽叟。《史记·五帝本纪》说:"虞舜者名曰重华;重华父曰瞽叟。……舜父瞽叟顽。""顽"是愚妄无知的意思。《尚书·大禹谟》孔氏传有舜"能以至诚感顽父",使其"信顺"的话。

〔12〕 "禺" 《说文解字》:"禺,母猴属。"清代段玉裁注引郭璞《山海经》注说:"禺似猕猴而大,赤目长尾。"据《说文》,"禹"字笔画较"禺"字简单,所以这里说"禹"是"禺"的简笔字。

〔13〕 皋陶 传说是舜的臣子。《尚书·舜典》:"帝曰:'皋陶,蛮夷猾夏,寇贼奸宄,汝作士。'""士",掌管狱讼的官。按 1927 年鲁迅在广州时,顾颉刚曾于 7 月中由杭州致书鲁迅,说鲁迅在文字上侵害了他,"拟于九月中回粤后提起诉讼,听候法律解决。"要鲁迅"暂勿离粤,以俟开审。"鲁迅当时答复他:"请即就近在浙起诉,尔时仆必到杭,以负应负之责。"这里鸟头先生与乡下人的对话,隐指此事。

〔14〕 简放 古代君主任命高级官员。简指授官的简册。(在清代则称由特旨任命道府以上外官为简放。)

〔15〕 从冀州启节 《尚书·禹贡》叙"禹别九州",首举冀州。孔颖达疏:"冀州,尧所都也。诸州冀为其先,治水先从冀起。"又《史记·夏本纪》也说:"禹行自冀州始。"按冀州为古九州之一,约相当于现在的河北山西二省及河南山东黄河以北地区。尧都平阳(今山西临汾),在冀州境内,故下文又说"冀州的帝都"。启节,指旧时高级官员启程、出发。节,古代使者及特派官员出行时所持的信物。

〔16〕 《神农本草》 我国最古的记载药物的专书。其成书年代不可确考,当是秦汉间人托神农之名而作。

〔17〕 维他命 W 维他命是 Vitamin 的音译,现在通称维生素。当时并未发现维他命 W,这里含有对一些学者的讥刺意味。下文的瘰疬病,中医病名,主要指颈部淋巴结核一类疾病;而因缺碘所致的甲状腺

肿大(俗称大脖子)叫"瘿"。

〔18〕 "伏羲朝小品文学家"的这段话,是对当时林语堂等人提倡的"语录体"小品文的模拟。林语堂主张的所谓"语录体",用他自己的话说,是"文言中不避俚语,白话中多放之乎"(见《论语》第三十期《答周劭论语录体写法》),基本上还是文言。这段话中的"见一少年,口衔雪茄,面有蚩尤氏之雾",是影射林语堂嘲讽进步青年的言论,林在他的《游杭再记》中有"见有二青年,口里含一枝苏俄香烟,手里夹一本什么斯基的译本"这样的话。蚩尤是传说中我国九黎族的首领,相传他和黄帝作战时,施放大雾,后为黄帝所擒杀。旧时史书把他描写成凶恶的怪物,蚩尤的名字也常被过去的统治者用来形容他们所认为的"凶恶的人"。1926年,北洋军阀吴佩孚为了"讨赤",曾经拿蚩尤来比拟"赤化",妄说:"草昧初开,部落时代,蚩尤肆虐,彼时无所谓法制,无所谓伦纪,殆与赤化无异"(见1926年7月11日北京《晨报》)。他还称,查得蚩尤是"赤化"的始祖,因"蚩"和"赤"同音,"蚩尤"即"赤化之尤"云云。

〔19〕 贝壳 上古用贝壳为货币。《尚书·盘庚中》孔颖达疏:"贝者,水虫。古人取其甲以为货,如今之用钱然。"

〔20〕 庭燎 庭院中照明的火炬。《诗经·小雅·庭燎》孔颖达疏:"庭燎者,树之于庭,燎之为明,是烛之大者。"

〔21〕 虎贲 勇士,即下文所说的卫兵们。《尚书·牧誓》:"虎贲三百人。"孔颖达疏,虎贲,"若虎之贲(奔)走逐兽,言其猛也。"

〔22〕 伏羲八卦体 伏羲,我国古代传说中的帝王。相传他曾画八卦。《周易·系辞传》说:"古者包牺氏(即伏羲)之王天下也,仰则观象于天,俯则观法于地,观鸟兽之文与地之宜,近取诸身,远取诸物,于是始作八卦。"

〔23〕 仓颉鬼哭体 仓颉,一作苍颉,相传是黄帝的史官,最初

创造文字的人。《淮南子·本经训》中记有关于苍颉的一种传说:"昔者苍颉作书而天雨粟,鬼夜哭。"

〔24〕 挂冠归隐 《后汉书·逢萌传》载:王莽时逢萌为了避祸,"即解冠挂东都城门"而去。后人因此称辞官为"挂冠"。

〔25〕 禹过家门不入,见《孟子·滕文公》:"禹八年于外,三过其门而不入。"又《史记·夏本纪》:"(禹)劳身焦思,居外十三年,过家门不敢入。"

〔26〕 忘八 乌龟的俗称。古代传说鲧死后化为三足鳖。参看本篇注〔34〕。

〔27〕 鹤膝风 中医病名,结核性关节炎的一种。战国时楚国人尸佼所著的《尸子》中记有禹生"偏枯之疾"的传说:"(禹)疏河决江,十年未阚其家,手不爪,胫不毛,生偏枯之疾,步不相过。"

〔28〕 女隗 《左传》中狄人之女多姓隗,如叔隗、季隗等。又《史记·匈奴列传》说:"匈奴,其先祖夏后氏(夏禹)之苗裔也。"匈奴就是春秋时的狄人。本篇中女隗这个人名,大概是根据这类记载而虚拟出来的。

〔29〕 莎士比亚(W. Shakespeare,1564—1616) 欧洲文艺复兴时期英国戏剧家、诗人,著有剧本《仲夏夜之梦》、《罗密欧与朱丽叶》、《哈姆雷特》等三十七种。杜衡在 1934 年 6 月《文艺风景》创刊号发表《莎剧凯撒传里所表现的群众》一文,借评莎士比亚作品,说人民群众"没有理性","没有明确的利害观念","感情"被人控制等。鲁迅曾在《又是"莎士比亚"》(《花边文学》)中批评过这种观点。

〔30〕 "湮" 鲧用的治水方法。《尚书·洪范》:"我闻在昔,鲧陻洪水。"陻(湮),填塞。"导",是禹用的治水方法,《国语·周语》:"伯禹念前之非度,釐改制量,……高高下下,疏川导滞。"导,疏通。

〔31〕 息壤 传说中一种能够自己生长,永不耗减的土壤。《山海

经·海内经》："洪水滔天,鲧窃帝之息壤以湮洪水,不待帝命。帝令祝融杀鲧于羽郊。"郭璞注："息壤者,言土自长息无限,故可以塞洪水也。"

〔32〕 "幹父之蛊" 语出《周易·蛊》初六："幹父之蛊,有子,考无咎。"三国时魏国王弼注："幹父之事,能承先轨,堪其任者也。"后称儿子能完成父亲所未竟的事业,因而掩盖了父亲的过错为"幹蛊"。

〔33〕 摩登 英语 Modern 的音译,原意为现代,这里是时髦的意思。

〔34〕 这是古代关于鲧的一种传说。《左传》昭公七年："昔尧殛鲧于羽山,其神化为黄熊,以入于羽渊。"唐代陆德明《释文》："黄熊,音雄,兽名。亦作能,如字,一音奴来反,三足鳖也。"能,一写作熊。《史记·夏本纪》唐代张守节《正义》说:"鲧之羽山,化为黄熊,入于羽渊。熊,音乃来反,下三点为三足也。束晳《发蒙记》云:'鳖三足曰熊'。"

〔35〕 禹化为熊的传说,见清代马骕《绎史》卷十二引《随巢子》:"(禹)治洪水,通轘辕山,化为熊。"按随巢子,战国时墨翟弟子,著《随巢子》六篇,清代马国翰《玉函山房辑佚书》内有辑文一卷。

〔36〕 禹捉无支祁的传说,见唐代李公佐《古岳渎经》:"禹理水,三至桐柏山,惊风走雷,石号木鸣,五伯拥川,天老肃兵,不能兴。禹怒,召集百灵,搜命夔龙。桐柏千君长稽首请命。……乃获淮涡水神,名无支祁,善应对言语,辨江淮之浅深,原隰之远近。形若猿猴,缩鼻高额,青躯白首,金目雪牙。颈伸百尺,力逾九象,搏击腾踔疾奔,轻利倏忽,闻视不可久。……颈鏁大索,鼻穿金铃,徙淮阴之龟山之足下。俾淮水永安流注海也。"(据鲁迅辑《唐宋传奇集》卷三)

〔37〕 丹朱太子 尧的儿子。古书中说他"不肖"(品德不像他的父亲),所以尧不把天下传给他而传给舜。《史记·五帝本纪》:"尧知子丹朱之不肖,不足授天下,于是乃权授舜。"

〔38〕 "玄圭" 见《尚书·禹贡》:"禹锡玄圭,告厥成功。"又《史记·夏

本纪》:"帝锡禹玄圭,以告成功于天下。"圭,古代诸侯大夫在朝会和祭祀时所执的一种长条尖顶的玉器。玄,黑色。

〔39〕 浙水的涛声　浙水,即钱塘江,涨潮时涛声很大。

〔40〕 关于禹同舜和皋陶谈话的情形,《史记·夏本纪》有如下的一段记载:"帝舜谓禹曰:'女(汝)亦昌言。'禹拜曰:'於!予何言?予思日孳孳!'皋陶难禹曰:'何谓孳孳?'禹曰:'鸿水滔天,浩浩怀山襄陵,下民皆服于水。予陆行乘车,水行乘舟,泥行乘橇,山行乘檋,行山栞木,与益予众庶稻鲜食;以决九川致四海,浚畎浍致之川,与稷予众庶难得之食;食少,调有余补不足,徙居。众民乃定,万国为治。'皋陶曰:'然,此而美也!'禹曰:'於!帝慎乃在位,安尔止,辅德,天下大应。清意以昭待上帝命,天其重命用休!'帝曰:'吁!臣哉,臣哉!臣作朕股肱耳目,予欲左右有民,女辅之。……女无面谀,退而谤予。……'禹曰:'然。……'帝曰:'毋若丹朱傲,维慢游是好,毋水行舟,朋淫于家,用绝其世,予不能顺是。'禹曰:'予辛壬娶涂山,癸甲(按应作予娶涂山,辛壬癸甲),生启,予不子,以故能成水土功,辅成五服,至于五千里,州十二师,外薄四海,咸建五长,各道有功。苗顽不即功,帝其念哉!'帝曰:'道吾德,乃女功序之也!'皋陶于是敬禹之德,令民皆则禹。不如言,刑从之。舜德大明。于是夔行乐,祖考至,群后相让,鸟兽翔舞,箫韶九成,凤皇来仪,百兽率舞,百官信谐。"又关于禹的吃喝和衣服,《论语·泰伯》记有孔丘的话:"子曰:'禹,吾无间然矣。菲饮食而致孝乎鬼神,恶衣服而致美乎黻冕,卑宫室而尽力乎沟洫。'"

采　　薇[1]

一

这半年来,不知怎的连养老堂里也不大平静了,一部分的老头子,也都交头接耳,跑进跑出的很起劲。只有伯夷[2]最不留心闲事,秋凉到了,他又老的很怕冷,就整天的坐在阶沿上晒太阳,纵使听到匆忙的脚步声,也决不抬起头来看。

"大哥!"

一听声音自然就知道是叔齐。伯夷是向来最讲礼让的,便在抬头之前,先站起身,把手一摆,意思是请兄弟在阶沿上坐下。

"大哥,时局好像不大好!"叔齐一面并排坐下去,一面气喘吁吁的说,声音有些发抖。

"怎么了呀?"伯夷这才转过脸去看,只见叔齐的原是苍白的脸色,好像更加苍白了。

"您听到过从商王[3]那里,逃来两个瞎子的事了罢。"

"唔,前几天,散宜生[4]好像提起过。我没有留心。"

"我今天去拜访过了。一个是太师疵,一个是少师强,还带来许多乐器。[5]听说前几时还开过一个展览会,参观者都'啧啧称美',——不过好像这边就要动兵了。"

"为了乐器动兵,是不合先王之道的。"伯夷慢吞吞的说。

"也不单为了乐器。您不早听到过商王无道,砍早上渡河不怕水冷的人的脚骨,看看他的骨髓,挖出比干王爷的心来,看它可有七窍吗?[6]先前还是传闻,瞎子一到,可就证实了。况且还切切实实的证明了商王的变乱旧章。变乱旧章,原是应该征伐的。不过我想,以下犯上,究竟也不合先王之道……"

"近来的烙饼,一天一天的小下去了,看来确也像要出事情,"伯夷想了一想,说。"但我看你还是少出门,少说话,仍旧每天练你的太极拳的好!"

"是……"叔齐是很悌的,应了半声。

"你想想看,"伯夷知道他心里其实并不服气,便接着说。"我们是客人,因为西伯肯养老[7],呆在这里的。烙饼小下去了,固然不该说什么,就是事情闹起来了,也不该说什么的。"

"那么,我们可就成了为养老而养老了。"

"最好是少说话。我也没有力气来听这些事。"

伯夷咳了起来,叔齐也不再开口。咳嗽一止,万籁寂然,秋末的夕阳,照着两部白胡子,都在闪闪的发亮。

二

然而这不平静,却总是滋长起来,烙饼不但小下去,粉也粗起来了。养老堂的人们更加交头接耳,外面只听得车马行走声,叔齐更加喜欢出门,虽然回来也不说什么话,但那不安的神色,却惹得伯夷也很难闲适了:他似乎觉得这碗平稳饭快要吃不稳。

十一月下旬,叔齐照例一早起了床,要练太极拳,但他走到院子里,听了一听,却开开堂门,跑出去了。约摸有烙十张饼的时候,这才气急败坏的跑回来,鼻子冻得通红,嘴里一阵一阵的喷着白蒸气。

"大哥!你起来!出兵了!"他恭敬的垂手站在伯夷的床前,大声说,声音有些比平常粗。

伯夷怕冷,很不愿意这么早就起身,但他是非常友爱的,看见兄弟着急,只好把牙齿一咬,坐了起来,披上皮袍,在被窝里慢吞吞的穿裤子。

"我刚要练拳,"叔齐等着,一面说。"却听得外面有人马走动,连忙跑到大路上去看时——果然,来了。首先是一乘白彩的大轿,总该有八十一人抬着罢,里面一座木主,写的是'大周文王之灵位';后面跟的都是兵。我想:这一定是要去伐纣了。现在的周王是孝子,他要做大事,一定是把文王抬在前面的。看了一会,我就跑回来,不料我们养老堂的墙外就贴着告示……"

伯夷的衣服穿好了,弟兄俩走出屋子,就觉得一阵冷气,赶紧缩紧了身子。伯夷向来不大走动,一出大门,很看得有些新鲜。不几步,叔齐就伸手向墙上一指,可真的贴着一张大告示[8]:

"照得今殷王纣,乃用其妇人之言,自绝于天,毁坏其三正,离逷其王父母弟。乃断弃其先祖之乐;乃为淫声,

故事新编

用变乱正声,怡说妇人。故今予发,维共行天罚。勉哉夫子,不可再,不可三!此示。"

两人看完之后,都不作声,径向大路走去。只见路边都挤满了民众,站得水泄不通。两人在后面说一声"借光",民众回头一看,见是两位白须老者,便照文王敬老的上谕,赶忙闪开,让他们走到前面。这时打头的木主早已望不见了,走过去的都是一排一排的甲士,约有烙三百五十二张大饼的工夫,这才见别有许多兵丁,肩着九旒云罕旗[9],仿佛五色云一样。接着又是甲士,后面一大队骑着高头大马的文武官员,簇拥着一位王爷,紫糖色脸,络腮胡子,左捏黄斧头,右拿白牛尾,威风凛凛:这正是"恭行天罚"的周王发[10]。

大路两旁的民众,个个肃然起敬,没有人动一下,没有人响一声。在百静中,不提防叔齐却拖着伯夷直扑上去,钻过几个马头,拉住了周王的马嚼子,直着脖子嚷起来道:

"老子死了不葬,倒来动兵,说得上'孝'吗?臣子想要杀主子,说得上'仁'吗?……"

开初,是路旁的民众,驾前的武将,都吓得呆了;连周王手里的白牛尾巴也歪了过去。但叔齐刚说了四句话,却就听得一片哗啷声响,有好几把大刀从他们的头上砍下来。

"且住!"

谁都知道这是姜太公[11]的声音,岂敢不听,便连忙停了刀,看着这也是白须白发,然而胖得圆圆的脸。

"义士呢。放他们去罢!"

武将们立刻把刀收回,插在腰带上。一面是走上四个甲

一面是走上四个甲士来,恭敬的向伯夷和叔齐立正,举手,之后就两个挟一个,开正步向路旁走过去。

士来,恭敬的向伯夷和叔齐立正,举手,之后就两个挟一个,开正步向路旁走过去。民众们也赶紧让开道,放他们走到自己的背后去。

到得背后,甲士们便又恭敬的立正,放了手,用力在他们俩的脊梁上一推。两人只叫得一声"阿呀",跄跄踉踉的颠了周尺一丈[12]路远近,这才扑通的倒在地面上。叔齐还好,用手支着,只印了一脸泥;伯夷究竟比较的有了年纪,脑袋又恰巧磕在石头上,便晕过去了。

三

大军过去之后,什么也不再望得见,大家便换了方向,把躺着的伯夷和坐着的叔齐围起来。有几个是认识他们的,当场告诉人们,说这原是辽西的孤竹君的两位世子,因为让位,这才一同逃到这里,进了先王所设的养老堂。这报告引得众人连声赞叹,几个人便蹲下身子,歪着头去看叔齐的脸,几个人回家去烧姜汤,几个人去通知养老堂,叫他们快抬门板来接了。

大约过了烙好一百零三四张大饼的工夫,现状并无变化,看客也渐渐的走散;又好久,才有两个老头子抬着一扇门板,一拐一拐的走来,板上面还铺着一层稻草:这还是文王定下来的敬老的老规矩。板在地上一放,哐啷一声,震得伯夷突然张开了眼睛:他苏醒了。叔齐惊喜的发一声喊,帮那两个人一同轻轻的把伯夷扛上门板,抬向养老堂里去;自己是在旁边跟定,扶住了挂着门板的麻绳。

走了六七十步路,听得远远地有人在叫喊:

"您哪!等一下!姜汤来哩!"望去是一位年青的太太,手里端着一个瓦罐子,向这面跑来了,大约怕姜汤泼出罢,她跑得不很快。

大家只得停住,等候她的到来。叔齐谢了她的好意。她看见伯夷已经自己醒来了,似乎很有些失望,但想了一想,就劝他仍旧喝下去,可以暖暖胃。然而伯夷怕辣,一定不肯喝。

"这怎么办好呢?还是八年陈的老姜熬的呀。别人家还拿不出这样的东西来呢。我们的家里又没有爱吃辣的人……"她显然有点不高兴。

叔齐只得接了瓦罐,做好做歹的硬劝伯夷喝了一口半,余下的还很多,便说自己也正在胃气痛,统统喝掉了。眼圈通红的,恭敬的夸赞了姜汤的力量,谢了那太太的好意之后,这才解决了这一场大纠纷。

他们回到养老堂里,倒也并没有什么余病,到第三天,伯夷就能够起床了,虽然前额上肿着一大块——然而胃口坏。

官民们都不肯给他们超然,时时送来些搅扰他们的消息,或者是官报,或者是新闻。十二月底,就听说大军已经渡了盟津,诸侯无一不到。[13]不久也送了武王的《太誓》的钞本来。这是特别钞给养老堂看的,怕他们眼睛花,每个字都写得有核桃一般大。不过伯夷还是懒得看,只听叔齐朗诵了一遍,别的倒也并没有什么,但是"自弃其先祖肆祀不答,昏弃其家国……"[14]这几句,断章取义,却好像很伤了自己的心。

传说也不少:有的说,周师到了牧野,和纣王的兵大战,杀得他们尸横遍野,血流成河,连木棍也浮起来,仿佛水上的草梗一样;[15]有的却道纣王的兵虽然有七十万,其实并没有战,一望见姜太公带着大军前来,便回转身,反替武王开路了。[16]

这两种传说,固然略有些不同,但打了胜仗,却似乎确实的。此后又时时听到运来了鹿台的宝贝,巨桥的白米[17],就更加证明了得胜的确实。伤兵也陆陆续续的回来了,又好像还是打过大仗似的。凡是能够勉强走动的伤兵,大抵在茶馆,酒店,理发铺,以及人家的檐前或门口闲坐,讲述战争的故事,无论那里,总有一群人眉飞色舞的在听他。春天到了,露天下也不再觉得怎么凉,往往到夜里还讲得很起劲。

伯夷和叔齐都消化不良,每顿总是吃不完应得的烙饼;睡觉还照先前一样,天一暗就上床,然而总是睡不着。伯夷只在翻来覆去,叔齐听了,又烦躁,又心酸,这时候,他常是重行起来,穿好衣服,到院子里去走走,或者练一套太极拳。

有一夜,是有星无月的夜。大家都睡得静静的了,门口却还有人在谈天。叔齐是向来不偷听人家谈话的,这一回可不知怎的,竟停了脚步,同时也侧着耳朵。

"妈的纣王,一败,就奔上鹿台去了,"说话的大约是回来的伤兵。"妈的,他堆好宝贝,自己坐在中央,就点起火来。"

"阿唷,这可多么可惜呀!"这分明是管门人的声音。

"不慌!只烧死了自己,宝贝可没有烧哩。咱们大王就带着诸侯,进了商国。他们的百姓都在郊外迎接,大王叫大人们招呼他们道:'纳福呀!'他们就都磕头。一直进去,但见门上都贴着两个大字道:'顺民'。大王的车子一径走向鹿台,找到纣王自寻短见的处所,射了三箭……"

"为什么呀?怕他没有死吗?"别一人问道。

"谁知道呢。可是射了三箭,又拔出轻剑来,一砍,这才拿了黄斧头,嚓!砍下他的脑袋来,挂在大白旗上。"

叔齐吃了一惊。

"之后就去找纣王的两个小老婆。哼,早已统统吊死了。大王就又射了三箭,拔出剑来,一砍,这才拿了黑斧头,割下她们的脑袋,挂在小白旗上。[18]这么一来……"

"那两个姨太太真的漂亮吗?"管门人打断了他的话。

"知不清。旗杆子高,看的人又多,我那时金创还很疼,没有挤近去看。"

"他们说那一个叫作妲己[19]的是狐狸精,只有两只脚变不成人样,便用布条子裹起来:真的?"

"谁知道呢。我也没有看见她的脚。可是那边的娘儿们却真有许多把脚弄得好像猪蹄子的。"

叔齐是正经人,一听到他们从皇帝的头,谈到女人的脚上去了,便双眉一皱,连忙掩住耳朵,返身跑进房里去。伯夷也还没有睡着,轻轻的问道:

"你又去练拳了么?"

叔齐不回答,慢慢的走过去,坐在伯夷的床沿上,弯下腰,告诉了他刚才听来的一些话。这之后,两人都沉默了许多时,终于是叔齐很困难的叹一口气,悄悄的说道:

"不料竟全改了文王的规矩……你瞧罢,不但不孝,也不仁……这样看来,这里的饭是吃不得了。"

"那么,怎么好呢?"伯夷问。

"我看还是走……"

于是两人商量了几句,就决定明天一早离开这养老堂,不再吃周家的大饼;东西是什么也不带。兄弟俩一同走到华山去,吃些野果和树叶来送自己的残年。况且"天道无亲,常与善人"[20],或者竟会有苍朮和茯苓之类也说不定。

打定主意之后,心地倒十分轻松了。叔齐重复解衣躺下,不多久,就听到伯夷讲梦话;自己也觉得很有兴致,而且仿佛闻到茯苓的清香,接着也就在这茯苓的清香中,沉沉睡去了。

四

第二天,兄弟俩都比平常醒得早,梳洗完毕,毫不带什么东西,其实也并无东西可带,只有一件老羊皮长袍舍不得,仍旧穿在身上,拿了拄杖,和留下的烙饼,推称散步,一径走出养老堂的大门;心里想,从此要长别了,便似乎还不免有些留恋似的,回过头来看了几眼。

街道上行人还不多;所遇见的不过是睡眼惺忪的女人,在井边打水。将近郊外,太阳已经高升,走路的也多起来了,虽然大抵昂着头,得意洋洋的,但一看见他们,却还是照例的让路。树木也多起来了,不知名的落叶树上,已经吐着新芽,一望好像灰绿的轻烟,其间夹着松柏,在蒙胧中仍然显得很苍翠。

满眼是阔大,自由,好看,伯夷和叔齐觉得仿佛年青起来,脚步轻松,心里也很舒畅了。

到第二天的午后,迎面遇见了几条岔路,他们决不定走那一条路近,便拣了一个对面走来的老头子,很和气的去问他。

"阿呀,可惜,"那老头子说。"您要是早一点,跟先前过去的那队马跑就好了。现在可只得先走这条路。前面岔路还多,再问罢。"

叔齐就记得了正午时分,他们的确遇见过几个废兵,赶着一大批老马,瘦马,跛脚马,癞皮马,从背后冲上来,几乎把他们踏死,这时就趁便问那老人,这些马是赶去做什么的。

"您还不知道吗?"那人答道。"我们大王已经'恭行天罚',用不着再来兴师动众,所以把马放到华山脚下去的。这就是'归马于华山之阳'呀,您懂了没有?我们还在'放牛于桃林之野',[21]哩!吓,这回可真是大家要吃太平饭了。"

然而这竟是兜头一桶冷水,使两个人同时打了一个寒噤,但仍然不动声色,谢过老人,向着他所指示的路前行。无奈这"归马于华山之阳",竟踏坏了他们的梦境,使两个人的心里,从此都有些七上八下起来。

心里志忑,嘴里不说,仍是走,到得傍晚,临近了一座并不很高的黄土冈,上面有一些树林,几间土屋,他们便在途中议定,到这里去借宿。

离土冈脚还有十几步,林子里便窜出五个彪形大汉来,头包白布,身穿破衣,为首的拿一把大刀,另外四个都是木棍。

71

一到冈下,便一字排开,拦住去路,一同恭敬的点头,大声吆喝道:

"老先生,您好哇!"

他们俩都吓得倒退了几步,伯夷竟发起抖来,还是叔齐能干,索性走上前,问他们是什么人,有什么事。

"小人就是华山大王小穷奇[22],"那拿刀的说,"带了兄弟们在这里,要请您老赏一点买路钱!"

"我们那里有钱呢,大王。"叔齐很客气的说。"我们是从养老堂里出来的。"

"阿呀!"小穷奇吃了一惊,立刻肃然起敬,"那么,您两位一定是'天下之大老也'[23]了。小人们也遵先王遗教,非常敬老,所以要请您老留下一点纪念品……"他看见叔齐没有回答,便将大刀一挥,提高了声音道:"如果您老还要谦让,那可小人们只好恭行天搜,瞻仰一下您老的贵体了!"

伯夷叔齐立刻擎起了两只手;一个拿木棍的就来解开他们的皮袍,棉袄,小衫,细细搜检了一遍。

"两个穷光蛋,真的什么也没有!"他满脸显出失望的颜色,转过头去,对小穷奇说。

小穷奇看出了伯夷在发抖,便上前去,恭敬的拍拍他肩膀,说道:

"老先生,请您不要怕。海派会'剥猪猡',[24]我们是文明人,不干这玩意儿的。什么纪念品也没有,只好算我们自己晦气。现在您只要滚您的蛋就是了!"

伯夷没有话好回答,连衣服也来不及穿好,和叔齐迈开大

步,眼看着地,向前便跑。这时五个人都已经站在旁边,让出路来了。看见他们在面前走过,便恭敬的垂下双手,同声问道:

"您走了?您不喝茶了么?"

"不喝了,不喝了……"伯夷和叔齐且走且说,一面不住的点着头。

五

"归马于华山之阳"和华山大王小穷奇,都使两位义士对华山害怕,于是从新商量,转身向北,讨着饭,晓行夜宿,终于到了首阳山[25]。

这确是一座好山。既不高,又不深,没有大树林,不愁虎狼,也不必防强盗:是理想的幽栖之所。两人到山脚下一看,只见新叶嫩碧,土地金黄,野草里开着些红红白白的小花,真是连看看也赏心悦目。他们就满心高兴,用拄杖点着山径,一步一步的挨上去,找到上面突出一片石头,好像岩洞的处所,坐了下来,一面擦着汗,一面喘着气。

这时候,太阳已经西沉,倦鸟归林,啾啾唧唧的叫着,没有上山时候那么清静了,但他们倒觉得也还新鲜,有趣。在铺好羊皮袍,准备就睡之前,叔齐取出两个大饭团,和伯夷吃了一饱。这是沿路讨来的残饭,因为两人曾经议定,"不食周粟",只好进了首阳山之后开始实行,所以当晚把它吃完,从明天起,就要坚守主义,绝不通融了。

他们一早就被乌老鸦闹醒,后来重又睡去,醒来却已是上午时分。伯夷说腰痛腿酸,简直站不起;叔齐只得独自去走走,看可有可吃的东西。他走了一些时,竟发见这山的不高不深,没有虎狼盗贼,固然是其所长,然而因此也有了缺点:下面就是首阳村,所以不但常有砍柴的老人或女人,并且有进来玩耍的孩子,可吃的野果子之类,一颗也找不出,大约早被他们摘去了。

　　他自然就想到茯苓。但山上虽然有松树,却不是古松,都好像根上未必有茯苓;即使有,自己也不带锄头,没有法子想。接着又想到苍朮,然而他只见过苍朮的根,毫不知道那叶子的形状,又不能把满山的草都拔起来看一看,即使苍朮生在眼前,也不能认识。心里一暴躁,满脸发热,就乱抓了一通头皮。

　　但是他立刻平静了,似乎有了主意,接着就走到松树旁边,摘了一衣兜的松针,又往溪边寻了两块石头,砸下松针外面的青皮,洗过,又细细的砸得好像面饼,另寻一片很薄的石片,拿着回到石洞去了。

　　"三弟,有什么捞儿[26]没有?我是肚子饿的咕噜咕噜响了好半天了。"伯夷一望见他,就问。

　　"大哥,什么也没有。试试这玩意儿罢。"

　　他就近拾了两块石头,支起石片来,放上松针面,聚些枯枝,在下面生了火。实在是许多工夫,才听得湿的松针面有些吱吱作响,可也发出一点清香,引得他们俩咽口水。叔齐高兴得微笑起来了,这是姜太公做八十五岁生日的时候,他去拜寿,在寿筵上听来的方法。

发香之后，就发泡，眼见它渐渐的干下去，正是一块糕。叔齐用皮袍袖子裹着手，把石片笑嘻嘻的端到伯夷的面前。伯夷一面吹，一面拗，终于拗下一角来，连忙塞进嘴里去。

他愈嚼，就愈皱眉，直着脖子咽了几咽，倒哇的一声吐出来了，诉苦似的看着叔齐道：

"苦……粗……"

这时候，叔齐真好像落在深潭里，什么希望也没有了。抖抖的也拗了一角，咀嚼起来，可真也毫没有可吃的样子：

苦……粗……

叔齐一下子失了锐气，坐倒了，垂了头。然而还在想，挣扎的想，仿佛是在爬出一个深潭去。爬着爬着，只向前。终于似乎自己变了孩子，还是孤竹君的世子，坐在保姆的膝上了。这保姆是乡下人，在和他讲故事：黄帝打蚩尤，大禹捉无支祁，还有乡下人荒年吃薇菜。

他又记得了自己问过薇菜的样子，而且山上正见过这东西。他忽然觉得有了气力，立刻站起身，跨进草丛，一路寻过去。

果然，这东西倒不算少，走不到一里路，就摘了半衣兜。

他还是在溪水里洗了一洗，这才拿回来；还是用那烙过松针面的石片，来烤薇菜。叶子变成暗绿，熟了。但这回再不敢先去敬他的大哥了，撮起一株来，放在自己的嘴里，闭着眼睛，只是嚼。

"怎么样？"伯夷焦急的问。

"鲜的！"

两人就笑嘻嘻的来尝烤薇菜；伯夷多吃了两撮，因为他是大哥。

他们从此天天采薇菜。先前是叔齐一个人去采，伯夷煮；后来伯夷觉得身体健壮了一些，也出去采了。做法也多起来：薇汤，薇羹，薇酱，清炖薇，原汤焖薇芽，生晒嫩薇叶……

然而近地的薇菜，却渐渐的采完，虽然留着根，一时也很难生长，每天非走远路不可了。搬了几回家，后来还是一样的结果。而且新住处也逐渐的难找了起来，因为既要薇菜多，又要溪水近，这样的便当之处，在首阳山上实在也不可多得的。叔齐怕伯夷年纪太大了，一不小心会中风，便竭力劝他安坐在家里，仍旧单是担任煮，让自己独自去采薇。

伯夷逊让了一番之后，倒也应允了，从此就较为安闲自在，然而首阳山上是有人迹的，他没事做，脾气又有些改变，从沉默成了多话，便不免和孩子去搭讪，和樵夫去扳谈。也许是因为一时高兴，或者有人叫他老乞丐的缘故罢，他竟说出了他们俩原是辽西的孤竹君的儿子，他老大，那一个是老三。父亲在日原是说要传位给老三的，一到死后，老三却一定向他让。他遵父命，省得麻烦，逃走了。不料老三也逃走了。两人在路上遇见，便一同来找西伯——文王，进了养老堂。又不料现在的周王竟"以臣弑君"起来，所以只好不食周粟，逃上首阳山，吃野菜活命……等到叔齐知道，怪他多嘴的时候，已经传播开去，没法挽救了。但也不敢怎么埋怨他；只在心里想：父亲不肯把位传给他，可也不能不说很有些眼力。

叔齐的预料也并不错：这结果坏得很，不但村里时常讲到

"'普天之下,莫非王土',难道他们在吃的薇,不是我们圣上的吗!"

他们的事,也常有特地上山来看他们的人。有的当他们名人,有的当他们怪物,有的当他们古董。甚至于跟着看怎样采,围着看怎样吃,指手画脚,问长问短,令人头昏。而且对付还须谦虚,倘使略不小心,皱一皱眉,就难免有人说是"发脾气"。

不过舆论还是好的方面多。后来连小姐太太,也有几个人来看了,回家去都摇头,说是"不好看",上了一个大当。

终于还引动了首阳村的第一等高人小丙君[27]。他原是姐己的舅公的干女婿,做着祭酒[28],因为知道天命有归,便带着五十车行李和八百个奴婢,来投明主了。可惜已在会师盟津的前几天,兵马事忙,来不及好好的安插,便留下他四十车货物和七百五十个奴婢,另外给予两顷首阳山下的肥田,叫他在村里研究八卦学。他也喜欢弄文学,村中都是文盲,不懂得文学概论,气闷已久,便叫家丁打轿,找那两个老头子,谈谈文学去了;尤其是诗歌,因为他也是诗人,已经做好一本诗集子。

然而谈过之后,他一上轿就摇头,回了家,竟至于很有些气愤。他以为那两个家伙是谈不来诗歌的。第一、是穷:谋生之不暇,怎么做得出好诗?第二、是"有所为",失了诗的"敦厚";第三、是有议论,失了诗的"温柔"。[29]尤其可议的是他们的品格,通体都是矛盾。于是他大义凛然的斩钉截铁的说道:

"'普天之下,莫非王土',[30]难道他们在吃的薇,不是我们圣上的吗!"

这时候,伯夷和叔齐也在一天一天的瘦下去了。这并非为了忙于应酬,因为参观者倒在逐渐的减少。所苦的是薇菜也已经逐渐的减少,每天要找一捧,总得费许多力,走许多路。

然而祸不单行。掉在井里面的时候,上面偏又来了一块大石头。

有一天,他们俩正在吃烤薇菜,不容易找,所以这午餐已在下午了。忽然走来了一个二十来岁的女人,先前是没有见过的,看她模样,好像是阔人家里的婢女。

"您吃饭吗?"她问。

叔齐仰起脸来,连忙陪笑,点点头。

"这是什么玩意儿呀?"她又问。

"薇。"伯夷说。

"怎么吃着这样的玩意儿的呀?"

"因为我们是不食周粟……"

伯夷刚刚说出口,叔齐赶紧使一个眼色,但那女人好像聪明得很,已经懂得了。她冷笑了一下,于是大义凛然的斩钉截铁的说道:

"'普天之下,莫非王土',你们在吃的薇,难道不是我们圣上的吗!"[31]

伯夷和叔齐听得清清楚楚,到了末一句,就好像一个大霹雳,震得他们发昏;待到清醒过来,那薇头已经不见了。薇,自然是不吃,也吃不下去了,而且连看看也害羞,连要去搬开它,也抬不起手来,觉得仿佛有好几百斤重。

六

樵夫偶然发见了伯夷和叔齐都缩做一团,死在山背后的石洞里,是大约这之后的二十天。并没有烂,虽然因为瘦,但也可见死的并不久;老羊皮袍却没有垫着,不知道弄到那里去了。这消息一传到村子里,又哄动了一大批来看的人,来来往往,一直闹到夜。结果是有几个多事的人,就地用黄土把他们埋起来,还商量立一块石碑,刻上几个字,给后来好做古迹。

然而合村里没有人能写字,只好去求小丙君。

然而小丙君不肯写。

"他们不配我来写,"他说。"都是昏蛋。跑到养老堂里来,倒也罢了,可又不肯超然;跑到首阳山里来,倒也罢了,可是还要做诗;做诗倒也罢了,可是还要发感慨,不肯安分守己,'为艺术而艺术'。你瞧,这样的诗,可是有永久性的:

上那西山呀采它的薇菜,

强盗来代强盗呀不知道这的不对。

神农虞夏一下子过去了,我又那里去呢?

唉唉死罢,命里注定的晦气!

"你瞧,这是什么话?温柔敦厚的才是诗。他们的东西,却不但'怨',简直'骂'了。没有花,只有刺,尚且不可,何况只有骂。即使放开文学不谈,他们撇下祖业,也不是什么孝子,到这里又讥讪朝政,更不像一个良民……我不写!……"

文盲们不大懂得他的议论,但看见声势汹汹,知道一定是反对的意思,也只好作罢了。伯夷和叔齐的丧事,就这样的算是告了一段落。

然而夏夜纳凉的时候,有时还谈起他们的事情来。有人

然而夏夜纳凉的时候,有时还谈起他们的事情来。有人说是老死的,有人说是病死的,有人说是给抢羊皮袍子的强盗杀死的。后来又有人说其实恐怕是故意饿死的……

说是老死的,有人说是病死的,有人说是给抢羊皮袍子的强盗杀死的。后来又有人说其实恐怕是故意饿死的,因为他从小丙君府上的鸦头阿金姐[32]那里听来:这之前的十多天,她曾经上山去奚落他们了几句,傻瓜总是脾气大,大约就生气了,绝了食撒赖,可是撒赖只落得一个自己死。

于是许多人就非常佩服阿金姐,说她很聪明,但也有些人怪她太刻薄。

阿金姐却并不以为伯夷叔齐的死掉,是和她有关系的。自然,她上山去开了几句玩笑,是事实,不过这仅仅是玩笑。那两个傻瓜发脾气,因此不吃薇菜了,也是事实,不过并没有死,倒招来了很大的运气。

"老天爷的心肠是顶好的,"她说。"他看见他们的撒赖,快要饿死了,就吩咐母鹿,用它的奶去喂他们。您瞧,这不是顶好的福气吗?用不着种地,用不着砍柴,只要坐着,就天天有鹿奶自己送到你嘴里来。可是贱骨头不识抬举,那老三,他叫什么呀,得步进步,喝鹿奶还不够了。他喝着鹿奶,心里想,'这鹿有这么胖,杀它来吃,味道一定是不坏的。'一面就慢慢的伸开臂膊,要去拿石片。可不知道鹿是通灵的东西,它已经知道了人的心思,立刻一溜烟逃走了。老天爷也讨厌他们的贪嘴,叫母鹿从此不要去。[33]您瞧,他们还不只好饿死吗?那里是为了我的话,倒是为了自己的贪心,贪嘴呵!……"

听到这故事的人们,临末都深深的叹一口气,不知怎的,连自己的肩膀也觉得轻松不少了。即使有时还会想起伯夷叔齐来,但恍恍忽忽,好像看见他们蹲在石壁下,正在张开白胡子的大口，拚命的吃鹿肉。

一九三五年十二月作。

*　　　　*　　　　*

〔1〕　本篇在收入本书前没有在报刊上发表过。

〔2〕　关于伯夷和叔齐，《史记·伯夷列传》中有如下的记载："伯夷、叔齐，孤竹君之二子也。父欲立叔齐，及父卒，叔齐让伯夷。伯夷曰：'父命也。'遂逃去。叔齐亦不肯立而逃之。国人立其中子。于是伯夷、叔齐闻西伯昌善养老，盍往归焉。及至，西伯卒。武王载木主，号为文王，东伐纣。伯夷、叔齐叩马而谏曰：'父死不葬，爰及干戈，可谓孝乎？以臣弑君，可谓仁乎？'左右欲兵之，太公曰：'此义人也。'扶而去之。武王已平殷乱，天下宗周，而伯夷、叔齐耻之，义不食周粟，隐于首阳山，采薇而食之。及饿且死，作歌，其辞曰：'登彼西山兮，采其薇矣。以暴易暴兮，不知其非矣。神农虞夏忽焉没兮，我安适归矣？于嗟徂兮，命之衰矣！'遂饿死于首阳山。"

〔3〕　商王　指商纣，姓子名受，是商代最末的一个帝王。

〔4〕　散宜生　周初功臣。商代末年往归西伯（周文王），西伯被纣囚禁时，他设计营救，后佐武王伐纣。

〔5〕　关于太师疵和少师强，《史记·周本纪》载："纣昏乱暴虐滋甚，杀王子比干，囚箕子；太师疵、少师彊（强）抱其乐器而犇周。"太师、少师都是乐官名。据《周礼·春官》东汉郑玄注，凡担任这种官职的，都是盲人。

〔6〕　关于纣王砍脚、剖心的事，《尚书·泰誓》有如下记载："今商王受……斮（斫）朝涉之胫，剖贤人之心。"《太平御览》卷八十三引《帝王世纪》："帝纣斮朝涉之胫而视其髓。"又《史记·殷本纪》也记有比干被剖心的事："纣愈淫乱不止。……比干曰：'为人臣者，不得不以死争。'廼

强谏纣。纣怒曰：'吾闻圣人心有七窍。'剖比干，观其心。"

〔7〕 西伯肯养老　西伯即周文王姬昌；商纣时为西伯，死后谥为文王。《史记》的《周本纪》和《伯夷列传》都说"西伯善养老"。《周本纪》说他"笃仁，敬老，慈少"。

〔8〕 大告示　《史记·周本纪》载武王率师渡过盟津以后，曾发布誓师辞，即所谓《太(泰)誓》。这里的"告示"，除首尾"照得""此示"数字外，都是《太誓》的原文。"毁坏其三正，离逷其王父母弟"，意思是毁坏了天、地、人的正道，抛弃他的祖辈和弟兄不用。

〔9〕 九旒云罕旗　《史记·周本纪》载武王克商后举行祭社典礼，有"百夫荷罕旗以先驱"的记载；南朝宋裴骃《集解》说："蔡邕《独断》曰：'前驱有九旒云罕。'"据《文选·东京赋》三国吴薛综注，云罕和九旒，都是旌旗的名称。

〔10〕 周王发　即周武王姬发，文王之子。《史记·周本纪》记有武王出兵的情形："武王即位，太公望为师，周公旦为辅。……九年，武王上祭于毕，东观兵，至于盟津，为文王木主，载以车，中军。武王自称太子发，言奉文王以伐，不敢自专。……是时，诸侯不期而会盟津者，八百诸侯。诸侯皆曰：'纣可伐矣。'武王曰：'女(汝)未知天命，未可也。'乃还师归。居二年，闻纣昏乱暴虐滋甚，……于是武王徧告诸侯曰：'殷有重罪，不可以不毕伐。'乃遵文王，遂率戎车三百乘，虎贲三千人，甲士四万五千人，以东伐纣。"又以下记牧野誓师时情形，有"武王左杖黄钺(黄斧头)，右秉白旄(白牛尾)"的句子。

〔11〕 姜太公　即姜尚，字子牙。《史记·齐世家》说文王在渭水之滨遇见姜尚："与语大悦，曰：'自吾先君太公曰："当有圣人适周，周以兴。"子真是邪？吾太公望子久矣！'故号之曰'太公望'。"文王死后，他佐武王灭纣，封于齐。

〔12〕 周尺一丈　约当现在的七市尺。

〔13〕 关于周师渡盟津,《史记·周本纪》载:"十一年十二月戊午,师毕渡盟津,诸侯咸会。"按盟津亦名孟津,在今河南孟县南。武王伐纣,由陕西进入河南,在此渡过黄河,至朝歌近郊牧野,击败纣兵,便占领了纣的都城朝歌(故城在今河南汤阴)。

〔14〕 "自弃其先祖肆祀不答"等语,见《史记·周本纪》:"二月甲子昧爽,武王朝至于商郊牧野,乃誓。……王曰:'古人有言,"牝鸡无晨。牝鸡之晨,惟家之索。"今殷王纣维妇人言是用,自弃其先祖肆祀不答,昏弃其家国,遗其王父母弟不用。'"按小说中所说的《太誓》,应为《牧誓》。《尚书·牧誓》作:"昏弃厥肆祀弗答,昏弃厥遗王父母弟不迪。"

〔15〕 关于牧野大战的情况,《尚书·武成》中有如下的记载:"甲子昧爽,受率其旅若林,会于牧野。罔有敌于我师,前徒倒戈,攻于后以北,血流漂杵。"

〔16〕 关于纣兵倒戈的事,《史记·周本纪》中有如下的记载:"帝纣闻武王来,亦发兵七十万人距武王。武王使师尚父与百夫致师,以大卒驰帝纣师。纣师虽众,皆无战之心,心欲武王亟入。纣师皆倒兵以战,以开武王。"

〔17〕 鹿台和巨(钜)桥,都是商纣的仓库。前者贮藏珠玉钱帛,故址在今河南汤阴朝歌镇南;后者贮藏米谷,故址在今河北曲周东北古衡章水东岸。《史记·殷本纪》:"帝纣……厚赋税以实鹿台之钱,而盈钜桥之粟。"

〔18〕 关于纣王自焚和武王入商等情形,《史记·周本纪》中有如下的记载:"纣走反入,登于鹿台之上,蒙衣其殊玉,自燔于火而死。武王持大白旗以麾诸侯,诸侯毕拜武王,武王乃揖诸侯,诸侯毕从;武王至商国,商国百姓咸待于郊,于是武王使群臣告语商百姓曰:'上天降休!'商人皆再拜稽首,武王亦答拜。遂入,至纣死所,武王自射之,三发而后下车,以轻剑击之,以黄钺斩纣头,县大白之旗;已而至纣之嬖妾二女,二

故事新编

女皆经自杀。武王又射三发,击以剑,斩以玄钺,县其头小白之旗。"

〔19〕 妲己　商纣的妃子。《史记·殷本纪》:"帝纣……好酒淫乐,嬖于妇人,爱妲己,妲己之言是从。"武王克商,"杀妲己"。又明代王三聘《古今事物考》卷六:"商妲己,狐精也,亦曰雉精,犹未变足,以帛裹之。"在长篇小说《封神演义》中也有类似的传说。

〔20〕 "天道无亲,常与善人"　语出《老子》七十九章。无亲,指无亲疏。又《史记·伯夷列传》说:"或曰:'天道无亲,常与善人。'若伯夷、叔齐,可谓善人者非耶?积仁絜行如此而饿死!……天之报施善人,其何如哉?"

〔21〕 "归马于华山之阳"　二语,见《尚书·武成》:武王克商后,"乃偃武修文,归马于华山之阳,放牛于桃林之野,示天下弗服。"服,使役,指不再役马打仗。

〔22〕 小穷奇　穷奇,我国古代所谓"四凶"(浑沌、穷奇、梼杌、饕餮)之一。《左传》文公十八年:"少皞氏有不才子……天下之民谓之穷奇。"小穷奇,当是作者由此虚拟的人名。

〔23〕 "天下之大老也"　原是孟子称赞伯夷和姜尚的话,见《孟子·离娄(上)》:"二老者,天下之大老也。"

〔24〕 "剥猪猡"　旧时上海盗匪抢劫行人,剥夺衣服,称为"剥猪猡"。猪猡,江浙一带方言,即猪。

〔25〕 首阳山　据《史记·伯夷列传》南朝宋裴骃《集解》引后汉马融说:"首阳山在河(黄河)东蒲坂,华山之北,河曲之中。"蒲坂故城在今山西永济县境。

〔26〕 捞儿　也作落儿。北方方言,意为物质收益。这里指可吃的东西。

〔27〕 小丙君　作者虚拟的人名。

〔28〕 祭酒　古代飨宴时,先由一个年长的人以酒沃地祭神,故尊

称年高有德者为祭酒。汉魏以后,用为官名,如博士祭酒、国子祭酒等。

〔29〕 "敦厚""温柔" 语出《礼记·经解》:"孔子曰:温柔敦厚,诗教也。"据唐代孔颖达疏说,所谓"温柔敦厚"就是"依违讽谏,不指切事情"的意思;这一直成为我国封建时代文学创作和批评的一种准则。

〔30〕 "普天之下,莫非王土" 语出《诗经·小雅·北山》,"普"原作"溥",《左传》昭公七年引此诗作"普"。

〔31〕 关于伯夷、叔齐由于一个女人的话而最后饿死的事,蜀汉谯周《古史考》中记有如下的传说:"伯夷、叔齐者,殷之末世孤竹君之二子也。隐于首阳山,采薇而食之。野有妇人谓之曰:'子义不食周粟,此亦周之草木也。'于是饿死。"(按《古史考》今不传,这里是根据清代章宗源辑本,在清代孙星衍所编《平津馆丛书》中。)

〔32〕 阿金姐 作者虚拟的人名。

〔33〕 关于鹿奶的传说,汉代刘向《列士传》中有如下的记载:"伯夷,殷时辽东孤竹君之子也,与弟叔齐俱让其位而归于国。见武王伐纣,以为不义,遂隐于首阳之山,不食周粟,以微(薇)菜为粮。时有王糜子往难之曰:'虽不食我周粟,而食我周木,何也?'伯夷兄弟遂绝食,七日,天遣白鹿乳之。迳由数日,叔齐腹中私曰:'得此鹿完啖之,岂不快哉!'于是鹿知其心,不复来下。伯夷兄弟,俱饿死也。"(按《列士传》今不传,这是从《琱玉集》卷十二所引转录。《琱玉集》,辑者不详。宋代郑樵《通志·艺文略》著录二十卷,现存残本二卷,在清代黎庶昌所编《古逸丛书》中。)

铸　　剑[1]

一

眉间尺[2]刚和他的母亲睡下,老鼠便出来咬锅盖,使他听得发烦。他轻轻地叱了几声,最初还有些效验,后来是简直不理他了,格支格支地径自咬。他又不敢大声赶,怕惊醒了白天做得劳乏,晚上一躺就睡着了的母亲。

许多时光之后,平静了;他也想睡去。忽然,扑通一声,惊得他又睁开眼。同时听到沙沙地响,是爪子抓着瓦器的声音。

"好！该死！"他想着,心里非常高兴,一面就轻轻地坐起来。

他跨下床,借着月光走向门背后,摸到钻火家伙,点上松明,向水瓮里一照。果然,一匹很大的老鼠落在那里面了；但是,存水已经不多,爬不出来,只沿着水瓮内壁,抓着,团团地转圈子。

"活该！"他一想到夜夜咬家具,闹得他不能安稳睡觉的便是它们,很觉得畅快。他将松明插在土墙的小孔里,赏玩着；然而那圆睁的小眼睛,又使他发生了憎恨,伸手抽出一根芦柴,将它直按到水底去。过了一会,才放手,那老鼠也随着浮了上来,还是抓着瓮壁转圈子。只是抓劲已经没有先前似的有力,眼睛也淹在水里面,单露出一点尖尖的通红的小鼻子,咻咻地急促地喘气。

他近来很有点不大喜欢红鼻子的人。但这回见了这尖尖的小红鼻子,却忽然觉得它可怜了,就又用那芦柴,伸到它的肚下去,老鼠抓着,歇了一回力,便沿着芦干爬了上来。待到他看见全身,——湿淋淋的黑毛,大的肚子,蚯蚓似的尾巴,——便又觉得可恨可憎得很,慌忙将芦柴一抖,扑通一声,老鼠又落在水瓮里,他接着就用芦柴在它头上捣了几下,叫它赶快沉下去。

换了六回松明之后,那老鼠已经不能动弹,不过沉浮在水中间,有时还向水面微微一跳。眉间尺又觉得很可怜,随即折断芦柴,好容易将它夹了出来,放在地面上。老鼠先是丝毫不动,后来才有一点呼吸;又许多时,四只脚运动了,一翻身,似乎要站起来逃走。这使眉间尺大吃一惊,不觉提起左脚,一脚踏下去。只听得吱的一声,他蹲下去仔细看时,只见口角上微有鲜血,大概是死掉了。

他又觉得很可怜,仿佛自己作了大恶似的,非常难受。他蹲着,呆看着,站不起来。

"尺儿,你在做什么?"他的母亲已经醒来了,在床上问。

"老鼠……"他慌忙站起,回转身去,却只答了两个字。

"是的,老鼠。这我知道。可是你在做什么?杀它呢,还是在救它?"

他没有回答。松明烧尽了;他默默地立在暗中,渐看见月光的皎洁。

"唉!"他的母亲叹息说,"一交子时[3],你就是十六岁了,性情还是那样,不冷不热地,一点也不变。看来,你的父亲的仇是没有人报的了。"

他看见他的母亲坐在灰白色的月影中,仿佛身体都在颤动;低微的声音里,含着无限的悲哀,使他冷得毛骨悚然,而一转眼间,又觉得热血在全身中忽然腾沸。

"父亲的仇?父亲有什么仇呢?"他前进几步,惊急地问。

"有的。还要你去报。我早想告诉你的了;只因为你太小,没有说。现在你已经成人了,却还是那样的性情。这教我怎么办呢?你似的性情,能行大事的么?"

"能。说罢,母亲。我要改过……。"

"自然。我也只得说。你必须改过……。那么,走过来罢。"

他走过去;他的母亲端坐在床上,在暗白的月影里,两眼发出闪闪的光芒。

"听哪!"她严肃地说,"你的父亲原是一个铸剑的名工,天下第一。他的工具,我早已都卖掉了来救了穷了,你已经看不见一点遗迹;但他是一个世上无二的铸剑的名工。二十年前,王妃生下了一块铁[4],听说是抱了一回铁柱之后受孕的,是一块纯青透明的铁。大王知道是异宝,便决计用来铸一把剑,想用它保国,用它杀敌,用它防身。不幸你的父亲那时偏偏入了选,便将铁捧回家里来,日日夜夜地锻炼,费了整三年的精神,炼成两把剑。

"当最末次开炉的那一日,是怎样地骇人的景象呵!哗拉拉地腾上一道白气的时候,地面也觉得动摇。那白气到天半便变成白云,罩住了这处所,渐渐现出绯红颜色,映得一切都如桃花。我家的漆黑的炉子里,是躺着通红的两把剑。你父亲用井华水[5]慢慢地滴下去,那剑嘶嘶地吼着,慢慢转成青色了。这样地七日七夜,就看不见了剑,仔细看时,却还在炉底里,纯青的,透明的,正像两条冰。

"大欢喜的光采,便从你父亲的眼睛里四射出来;他取起剑,拂拭着,拂拭着。然而悲惨的皱纹,却也从他的眉头和嘴角出现了。他将那两把剑分装在两个匣子里。

"'你只要看这几天的景象,就明白无论是谁,都知道剑已炼就的了。'他悄悄地对我说。'一到明天,我必须去献给大王。但献剑的一天,也就是我命尽的日子。怕我们从此要长别了。'

"'你……。'我很骇异,猜不透他的意思,不知怎么说的好。我只是这样地说:'你这回有了这么大的功劳……。'

"'唉!你怎么知道呢!'他说。'大王是向来善于猜疑,又极残忍的。这回我给他炼成了世间无二的剑,他一定要杀掉我,免得我再去给别人炼剑,来和他匹敌,或者超过他。'

"我掉泪了。

"'你不要悲哀。这是无法逃避的。眼泪决不能洗掉运命。我可是早已有准备在这里了!'他的眼里忽然发出电火似的光芒,将一个剑匣放在我膝上。'这是雄剑。'他说。'你收着。明天,我只将这雌剑献给大王去。倘若我一去竟不回来了呢,那是我一定不再在人间了。你不是怀孕已经五六个月了么？不要悲哀；待生了孩子，好好地抚养。一到成人之后，你便交给他这雄剑，教他砍在大王的颈子上，给我报仇！'"

"那天父亲回来了没有呢？"眉间尺赶紧问。

"没有回来！"她冷静地说。"我四处打听，也杳无消息。后来听得人说，第一个用血来饲你父亲自己炼成的剑的人，就是他自己——你的父亲。还怕他鬼魂作怪，将他的身首分埋在前门和后苑了！"

眉间尺忽然全身都如烧着猛火，自己觉得每一枝毛发上都仿佛闪出火星来。他的双拳，在暗中捏得格格地作响。

他的母亲站起了，揭去床头的木板，下床点了松明，到门背后取过一把锄，交给眉间尺道："掘下去！"

眉间尺心跳着，但很沉静的一锄一锄轻轻地掘下去。掘出来的都是黄土，约到五尺多深，土色有些不同了，似乎是烂掉的材木。

"看罢！要小心！"他的母亲说。

眉间尺伏在掘开的洞穴旁边，伸手下去，谨慎小心地撮开烂树，待到指尖一冷，有如触着冰雪的时候，那纯青透明的剑也出现了。他看清了剑靶，捏着，提了出来。

窗外的星月和屋里的松明似乎都骤然失了光辉，惟有青光充塞宇内。那剑便溶在这青光中，看去好像一无所有。眉间尺凝神细视，这才仿佛看见长五尺余，却并不见得怎样锋利，剑口反而有些浑圆，正如一片韭叶。

"你从此要改变你的优柔的性情，用这剑报仇去！"他的母亲说。

当眉间尺肿着眼眶,头也不回的跨出门外,穿着青衣,背着青剑,迈开大步,径奔城中的时候,东方还没有露出阳光。

"我已经改变了我的优柔的性情,要用这剑报仇去!"

"但愿如此。你穿了青衣,背上这剑,衣剑一色,谁也看不分明的。衣服我已经做在这里,明天就上你的路去罢。不要记念我!"她向床后的破衣箱一指,说。

眉间尺取出新衣,试去一穿,长短正很合式。他便重行叠好,裹了剑,放在枕边,沉静地躺下。他觉得自己已经改变了优柔的性情;他决心要并无心事一般,倒头便睡,清晨醒来,毫不改变常态,从容地去寻他不共戴天的仇雠。

但他醒着。他翻来覆去,总想坐起来。他听到他母亲的失望的轻轻的长叹。他听到最初的鸡鸣;他知道已交子时,自己是上了十六岁了。

二

当眉间尺肿着眼眶,头也不回的跨出门外,穿着青衣,背着青剑,迈开大步,径奔城中的时候,东方还没有露出阳光。杉树林的每一片叶尖,都挂着露珠,其中隐藏着夜气。但是,待到走到树林的那一头,露珠里却闪出各样的光辉,渐渐幻成晓色了。远望前面,便依稀看见灰黑色的城墙和雉堞[6]。

和挑葱卖菜的一同混入城里,街市上已经很热闹。男人们一排一排的呆站着;女人们也时时从门里探出头来。她们大半也肿着眼眶;蓬着头;黄黄的脸,连脂粉也不及涂抹。

眉间尺预觉到将有巨变降临,他们便都是焦躁而忍耐地等候着这巨变的。

他径自向前走;一个孩子突然跑过来,几乎碰着他背上的剑尖,使他吓出了一身汗。转出北方,离王宫不远,人们就挤得密密层层,都伸着脖子。人丛中还有女人和孩子哭嚷的声音。他怕那看不见的雄剑伤了人,不敢挤进去;然而人们却又在背后拥上来。他只得宛转地退避;面前只看见人们的背脊和伸长的脖子。

忽然,前面的人们都陆续跪倒了;远远地有两匹马并着跑过来。此后是拿着木棍,戈,刀,弓弩,旌旗的武人,走得满路黄尘滚滚。又来了一辆四匹马拉的大车,上面坐着一队人,有的打钟击鼓,有的嘴上吹着不知道叫什么名目的劳什子[7]。此后又是车,里面的人都穿画衣,不是老头子,便是矮胖子,个个满脸油汗。接着又是一队拿刀枪剑戟的骑士。跪着的人们便都伏下去了。这时眉间尺正看见一辆黄盖的大车驰来,正中坐着一个画衣的胖子,花白胡子,小脑袋;腰间还依稀看见佩着和他背上一样的青剑。

他不觉全身一冷,但立刻又灼热起来,像是猛火焚烧着。他一面伸手向肩头捏住剑柄,一面提起脚,便从伏着的人们的脖子的空处跨出去。

但他只走得五六步,就跌了一个倒栽葱,因为有人突然捏住了他的一只脚。这一跌又正压在一个干瘪脸的少年身上;他正怕剑尖伤了他,吃惊地起来看的时候,肋下就挨了很重的两拳。他也不暇计较,再望路上,不但黄盖车已经走过,连拥护的骑士也过去了一大阵了。

路旁的一切人们也都爬起来。干瘪脸的少年却还扭住了眉间尺的衣领,不肯放手,说被他压坏了贵重的丹田[8],必须保险,倘若不到八十岁便死掉了,就得抵命。闲人们又即刻围上来,呆看着,但谁也不开口;后来有人从旁笑骂了几句,却全是附和干瘪脸少年的。眉间尺遇到了这样的敌人,真是怒不得,笑不得,只觉得无聊,却又脱身不得。这样地经过了煮熟一锅小米的时光,眉间尺早已焦躁得浑身发火,看的人却仍不见减,还是津津有味似的。

前面的人圈子动摇了,挤进一个黑色的人来,黑须黑眼睛,瘦得如铁。他并不言语,只向眉间尺冷冷地一笑,一面举手轻轻地一拨干瘪脸少年的下巴,并且看定了他的脸。那少年也向他看了一会,不觉慢慢地松了手,溜走了;那人也就溜走了;看的人们也都无聊地走散。只有几个人还来问眉间尺的年纪,住址,家里可有姊姊。眉间尺都不理他们。

他向南走着;心里想,城市中这么热闹,容易误伤,还不如在南门外等候他回来,给父亲报仇罢,那地方是地旷人稀,实在很便于施展。这时满城都议论着国王的游山,仪仗,威严,自己得见国王的荣耀,以及俯伏得有怎么低,应该采作国民的模范等等,很像蜜蜂的排衙[9]。直至将近南门,这才渐渐地冷静。

他走出城外,坐在一株大桑树下,取出两个馒头来充了饥;吃着的时候忽然记起母亲来,不觉眼鼻一酸,然而此后倒也没有什么。周围是一步一步地静下去了,他至于很分明地听到自己的呼吸。

天色愈暗,他也愈不安,尽目力望着前方,毫不见有国王回来的影子。上城卖菜的村人,一个个挑着空担出城回家去了。

人迹绝了许久之后,忽然从城里闪出那一个黑色的人来。

"走罢,眉间尺!国王在捉你了!"他说,声音好像鸱鸮。

眉间尺浑身一颤,中了魔似的,立即跟着他走;后来是飞奔。他站定了喘息许多时,才明白已经到了杉树林边。后面远处有银白的条纹,是月亮已从那边出现;前面却仅有两点燐火一般的那黑色人的眼光。

"你怎么认识我?……"他极其惶骇地问。

"哈哈!我一向认识你。"那人的声音说。"我知道你背着雄剑,要给你的父亲报仇,我也知道你报不成。岂但报不成;今天已经有人告密,你的仇人早从东门还宫,下令捕拿你了。"

眉间尺不觉伤心起来。

"唉唉,母亲的叹息是无怪的。"他低声说。

"但她只知道一半。她不知道我要给你报仇。"

"你么?你肯给我报仇么,义士?"

"阿,你不要用这称呼来冤枉我。"

"那么,你同情于我们孤儿寡妇?……"

"唉,孩子,你再不要提这些受了污辱的名称。"他严冷地说,"仗义,同情,那些东西,先前曾经干净过,现在却都成了放鬼债的资本[10]。我的心里全没有你所谓的那些。我只不过要给你报仇!"

"好。但你怎么给我报仇呢?"

"只要你给我两件东西。"两粒燐火下的声音说。"那两件么？你听着：一是你的剑,二是你的头!"

眉间尺虽然觉得奇怪,有些狐疑,却并不吃惊。他一时开不得口。

"你不要疑心我将骗取你的性命和宝贝。"暗中的声音又严冷地说。"这事全由你。你信我,我便去;你不信,我便住。"

"但你为什么给我去报仇的呢？你认识我的父亲么？"

"我一向认识你的父亲,也如一向认识你一样。但我要报仇,却并不为此。聪明的孩子,告诉你罢。你还不知道么,我怎地善于报仇。你的就是我的;他也就是我。我的魂灵上是有这么多的,人我所加的伤,我已经憎恶了我自己!"

暗中的声音刚刚停止,眉间尺便举手向肩头抽取青色的剑,顺手从后项窝向前一削,头颅坠在地面的青苔上,一面将剑交给黑色人。

"呵呵!"他一手接剑,一手捏着头发,提起眉间尺的头来,对着那热的死掉的嘴唇,接吻两次,并且冷冷地尖利地笑。

笑声即刻散布在杉树林中,深处随着有一群燐火似的眼光闪动,倏忽临近,听到咻咻的饿狼的喘息。第一口撕尽了眉间尺的青衣,第二口便身体全都不见了,血痕也顷刻舔尽,只微微听得咀嚼骨头的声音。

最先头的一匹大狼就向黑色人扑过来。他用青剑一挥,狼头便坠在地面的青苔上。别的狼们第一口撕尽了它的皮,第二口便身体全都不见了,血痕也顷刻舔尽,只微微听得咀嚼骨头的声音。

他已经擎起地上的青衣,包了眉间尺的头,和青剑都背在

"呵呵！"他一手接剑,一手捏着头发,提起眉间尺的头来,对着那热的死掉的嘴唇,接吻两次,并且冷冷地尖利地笑。

背脊上,回转身,在暗中向王城扬长地走去。

狼们站定了,耸着肩,伸出舌头,咻咻地喘着,放着绿的眼光看他扬长地走。

他在暗中向王城扬长地走去,发出尖利的声音唱着歌:

哈哈爱兮爱乎爱乎!

爱青剑兮一个仇人自屠。

夥颐连翩兮多少一夫。

一夫爱青剑兮呜呼不孤。

头换头兮两个仇人自屠。

一夫则无兮爱乎呜呼!

爱乎呜呼兮呜呼阿呼,

阿呼呜呼兮呜呼呜呼![11]

三

游山并不能使国王觉得有趣;加上了路上将有刺客的密报,更使他扫兴而还。那夜他很生气,说是连第九个妃子的头发,也没有昨天那样的黑得好看了。幸而她撒娇坐在他的御膝上,特别扭了七十多回,这才使龙眉之间的皱纹渐渐地舒展。

午后,国王一起身,就又有些不高兴,待到用过午膳,简直现出怒容来。

"唉唉!无聊!"他打一个大呵欠之后,高声说。

上自王后,下至弄臣,看见这情形,都不觉手足无措。白须老臣的讲道,矮胖侏儒[12]的打诨,王是早已听厌了的;近来便是走索,缘竿,抛丸,倒立,吞刀,吐火等等奇妙的把戏,也都看得毫无意味。他常常要发怒;一发怒,便按着青剑,总想寻点小错处,杀掉几个人。

偷空在宫外闲游的两个小宦官,刚刚回来,一看见宫里面大家的愁苦的情形,便知道又是照例的祸事临头了,一个吓得面如土色;一个却像是大有把握一般,不慌不忙,跑到国王的面前,俯伏着,说道:

"奴才刚才访得一个异人,很有异术,可以给大王解闷,因此特来奏闻。"

"什么?!"王说。他的话是一向很短的。

"那是一个黑瘦的,乞丐似的男子。穿一身青衣,背着一个圆圆的青包裹;嘴里唱着胡诌的歌。人问他。他说善于玩把戏,空前绝后,举世无双,人们从来就没有看见过;一见之后,便即解烦释闷,天下太平。但大家要他玩,他却又不肯。说是第一须有一条金龙,第二须有一个金鼎。……"

"金龙?我是的。金鼎?我有。"

"奴才也正是这样想。……"

"传进来!"

话声未绝,四个武士便跟着那小宦官疾趋而出。上自王后,下至弄臣,个个喜形于色。他们都愿意这把戏玩得解愁释闷,天下太平;即使玩不成,这回也有了那乞丐似的黑瘦男子来受祸,他们只要能挨到传了进来的时候就好了。

并不要许多工夫,就望见六个人向金阶趋进。先头是宦

故事新编

官,后面是四个武士,中间夹着一个黑色人。待到近来时,那人的衣服却是青的,须眉头发都黑;瘦得颧骨,眼圈骨,眉棱骨都高高地突出来。他恭敬地跪着俯伏下去时,果然看见背上有一个圆圆的小包袱,青色布,上面还画上一些暗红色的花纹。

"奏来!"王暴躁地说。他见他家伙简单,以为他未必会玩什么好把戏。

"臣名叫宴之敖者[13];生长汶汶乡[14]。少无职业;晚遇明师,教臣把戏,是一个孩子的头。这把戏一个人玩不起来,必须在金龙之前,摆一个金鼎,注满清水,用兽炭[15]煎熬。于是放下孩子的头去,一到水沸,这头便随波上下,跳舞百端,且发妙音,欢喜歌唱。这歌舞为一人所见,便解愁释闷,为万民所见,便天下太平。"

"玩来!"王大声命令说。

并不要许多工夫,一个煮牛的大金鼎便摆在殿外,注满水,下面堆了兽炭,点起火来。那黑色人站在旁边,见炭火一红,便解下包袱,打开,两手捧出孩子的头来,高高举起。那头是秀眉长眼,皓齿红唇;脸带笑容;头发蓬松,正如青烟一阵。黑色人捧着向四面转了一圈,便伸手擎到鼎上,动着嘴唇说了几句不知什么话,随即将手一松,只听得扑通一声,坠入水中去了。水花同时溅起,足有五尺多高,此后是一切平静。

许多工夫,还无动静。国王首先暴躁起来,接着是王后和妃子,大臣,宦官们也都有些焦急,矮胖的侏儒们则已经开始冷笑了。王一见他们的冷笑,便觉自己受愚,回顾武士,想命令他们就将那欺君的莠民掷入牛鼎里去煮杀。

但同时就听得水沸声;炭火也正旺,映着那黑色人变成红黑,如铁的烧到微红。王刚又回过脸来,他也已经伸起两手向天,眼光向着无物,舞蹈着,忽地发出尖利的声音唱起歌来:

哈哈爱兮爱乎爱乎!

爱兮血兮兮谁乎独无。

民萌冥行兮一夫壶卢。

彼用百头颅,千头颅兮用万头颅!

我用一头颅兮而无万夫。

爱一头颅兮血乎呜呼!

血乎呜呼兮呜呼阿呼,

阿呼呜呼兮呜呼呜呼!

随着歌声,水就从鼎口涌起,上尖下广,像一座小山,但自水尖至鼎底,不住地回旋运动。那头即随水上上下下,转着圈子,一面又滴溜溜自己翻筋斗,人们还可以隐约看见他玩得高兴的笑容。过了些时,突然变了逆水的游泳,打旋子夹着穿梭,激得水花向四面飞溅,满庭洒下一阵热雨来。一个侏儒忽然叫了一声,用手摸着自己的鼻子。他不幸被热水烫了一下,又不耐痛,终于免不得出声叫苦了。

黑色人的歌声才停,那头也就在水中央停住,面向王殿,颜色转成端庄。这样的有十余瞬息之久,才慢慢地上下抖动;从抖动加速而为起伏的游泳,但不很快,态度很雍容。绕着水边一高一低地游了三匝,忽然睁大眼睛,漆黑的眼珠显得格外精采,同时也开口唱起歌来:

王泽流兮浩洋洋；

克服怨敌,怨敌克服兮,赫兮强！

宇宙有穷止兮万寿无疆。

幸我来也兮青其光！

青其光兮永不相忘。

异处异处兮堂哉皇！

堂哉皇哉兮嗳嗳唷,

嗟来归来,嗟来陪来兮青其光！

头忽然升到水的尖端停住；翻了几个筋斗之后,上下升降起来,眼珠向着左右瞥视,十分秀媚,嘴里仍然唱着歌：

阿呼呜呼兮呜呼呜呼,

爱乎呜呼兮呜呼阿呼！

血一头颅兮爱乎呜呼。

我用一头颅兮而无万夫！

彼用百头颅,千头颅……

唱到这里,是沉下去的时候,但不再浮上来了；歌词也不能辨别。涌起的水,也随着歌声的微弱,渐渐低落,像退潮一般,终至到鼎口以下,在远处什么也看不见。

"怎了？"等了一会,王不耐烦地问。

"大王,"那黑色人半跪着说。"他正在鼎底里作最神奇的团圆舞,不临近是看不见的。臣也没有法术使他上来,因为作团圆舞必须在鼎底里。"

王站起身,跨下金阶,冒着炎热立在鼎边,探头去看。只见水平如镜,那头仰面躺在水中间,两眼正看着他的脸。待到

这一笑使王觉得似曾相识,却又一时记不起是谁来。刚在惊疑,黑色人已经掣出了背着的青色的剑……

王的眼光射到他脸上时，他便嫣然一笑。这一笑使王觉得似曾相识，却又一时记不起是谁来。刚在惊疑，黑色人已经掣出了背着的青色的剑，只一挥，闪电般从后项窝直劈下去，扑通一声，王的头就落在鼎里了。

　　仇人相见，本来格外眼明，况且是相逢狭路。王头刚到水面，眉间尺的头便迎上来，很命在他耳轮上咬了一口。鼎水即刻沸涌，澎湃有声；两头即在水中死战。约有二十回合，王头受了五个伤，眉间尺的头上却有七处。王又狡猾，总是设法绕到他的敌人的后面去。眉间尺偶一疏忽，终于被他咬住了后项窝，无法转身。这一回王的头可是咬定不放了，他只是连连蚕食进去；连鼎外面也仿佛听到孩子的失声叫痛的声音。

　　上自王后，下至弄臣，骇得凝结着的神色也应声活动起来，似乎感到暗无天日的悲哀，皮肤上都一粒一粒地起粟；然而又夹着秘密的欢喜，瞪了眼，像是等候着什么似的。

　　黑色人也仿佛有些惊慌，但是面不改色。他从从容容地伸开那捏着看不见的青剑的臂膊，如一段枯枝；伸长颈子，如在细看鼎底。臂膊忽然一弯，青剑便蓦地从他后面劈下，剑到头落，坠入鼎中，溅的一声，雪白的水花向着空中同时四射。

　　他的头一入水，即刻直奔王头，一口咬住了王的鼻子，几乎要咬下来。王忍不住叫一声"阿唷"，将嘴一张，眉间尺的头就乘机挣脱了，一转脸倒将王的下巴下死劲咬住。他们不但都不放，还用全力上下一撕，撕得王头再也合不上嘴。于是他们就如饿鸡啄米一般，一顿乱咬，咬得王头眼歪鼻塌，满脸鳞伤。先前还会在鼎里面四处乱滚，后来只能躺着呻吟，到底是一声不响,只有出气,没有进气了。

黑色人和眉间尺的头也慢慢地住了嘴,离开王头,沿鼎壁游了一匝,看他可是装死还是真死。待到知道了王头确已断气,便四目相视,微微一笑,随即合上眼睛,仰面向天,沉到水底里去了。

四

烟消火灭;水波不兴。特别的寂静倒使殿上殿下的人们警醒。他们中的一个首先叫了一声,大家也立刻迭连惊叫起来;一个迈开腿向金鼎走去,大家便争先恐后地拥上去了。有挤在后面的,只能从人脖子的空隙间向里面窥探。

热气还炙得人脸上发烧。鼎里的水却一平如镜,上面浮着一层油,照出许多人脸孔:王后,王妃,武士,老臣,侏儒,太监。……

"阿呀,天哪!咱们大王的头还在里面哪,哎哎哎!"第六个妃子忽然发狂似的哭嚷起来。

上自王后,下至弄臣,也都恍然大悟,仓皇散开,急得手足无措,各自转了四五个圈子。一个最有谋略的老臣独又上前,伸手向鼎边一摸,然而浑身一抖,立刻缩了回来,伸出两个指头,放在口边吹个不住。

大家定了定神,便在殿门外商议打捞办法。约略费去了煮熟三锅小米的工夫,总算得到一种结果,是:到大厨房去调集了铁丝勺子,命武士协力捞起来。

器具不久就调集了,铁丝勺,漏勺,金盘,擦桌布,都放在鼎旁边。武士们便揎起衣袖,有用铁丝勺的,有用漏勺的,一齐恭行打捞。有勺子相触的声音,有勺子刮着金鼎的声音;水是随着勺子的搅动而旋绕着。好一会,一个武士的脸色忽而很端庄了,极小心地两手慢慢举起了勺子,水滴从勺孔中珠子一般漏下,勺里面便显出雪白的头骨来。大家惊叫了一声;他便将头骨倒在金盘里。

"阿呀!我的大王呀!"王后,妃子,老臣,以至太监之类,都放声哭起来。但不久就陆续停止了,因为武士又捞起了一个同样的头骨。

他们泪眼模胡地四顾,只见武士们满脸油汗,还在打捞。此后捞出来的是一团糟的白头发和黑头发;还有几勺很短的东西,似乎是白胡须和黑胡须。此后又是一个头骨。此后是三枝簪。

直到鼎里面只剩下清汤,才始住手;将捞出的物件分盛了三金盘:一盘头骨,一盘须发,一盘簪。

"咱们大王只有一个头。那一个是咱们大王的呢?"第九个妃子焦急地问。

"是呵……。"老臣们都面面相觑。

"如果皮肉没有煮烂,那就容易辨别了。"一个侏儒跪着说。

大家只得平心静气,去细看那头骨,但是黑白大小,都差不多,连那孩子的头,也无从分辨。王后说王的右额上有一个疤,是做太子时候跌伤的,怕骨上也有痕迹。果然,侏儒在一个头骨上发现了;大家正在欢喜的时候,另外的一个侏儒却又在较黄的头骨的右额上看出相仿的瘢痕来。

"我有法子。"第三个王妃得意地说,"咱们大王的龙准[16]是很高的。"

太监们即刻动手研究鼻准骨,有一个确也似乎比较地高,但究竟相差无几;最可惜的是右额上却并无跌伤的瘢痕。

"况且,"老臣们向太监说,"大王的后枕骨是这么尖的么?"

"奴才们向来就没有留心看过大王的后枕骨……。"

王后和妃子们也各自回想起来,有的说是尖的,有的说是平的。叫梳头太监来问的时候,却一句话也不说。

当夜便开了一个王公大臣会议,想决定那一个是王的头,但结果还同白天一样。并且连须发也发生了问题。白的自然是王的,然而因为花白,所以黑的也很难处置。讨论了小半夜,只将几根红色的胡子选出;接着因为第九个王妃抗议,说她确曾看见王有几根通黄的胡子,现在怎么能知道决没有一根红的呢。于是也只好重行归并,作为疑案了。

到后半夜,还是毫无结果。大家却居然一面打呵欠,一面继续讨论,直到第二次鸡鸣,这才决定了一个最慎重妥善的办法,是:只能将三个头骨都和王的身体放在金棺里落葬。

七天之后是落葬的日期,合城很热闹。城里的人民,远处的人民,都奔来瞻仰国王的"大出丧"。天一亮,道上已经挤满了男男女女;中间还夹着许多祭桌。待到上午,清道的骑士才缓辔而来。又过了不少工夫,才看见仪仗,什么旌旗,木棍,戈戟,弓弩,黄钺之类;此后是四辆鼓吹车。再后面是黄盖随着路的不平而起伏着,并且渐渐近来了,于是现出灵车,上载金棺,棺里面藏着三个头和一个身体。

百姓都跪下去,祭桌便一列一列地在人丛中出现。几个义民很忠愤,咽着泪,怕那两个大逆不道的逆贼的魂灵,此时也和王一同享受祭礼,然而也无法可施。

此后是王后和许多王妃的车。百姓看她们,她们也看百姓,但哭着。此后是大臣,太监,侏儒等辈,都装着哀戚的颜色。只是百姓已经不看他们,连行列也挤得乱七八糟,不成样子了。

一九二六年十月作。[17]

* * *

〔1〕 本篇最初发表于1927年4月25日、5月10日《莽原》半月刊第二卷第八、九期,原题为《眉间尺》。1932年编入《自选集》时改为现名。

〔2〕 眉间尺复仇的传说,在相传为魏曹丕所著的《列异传》中有如下的记载:"干将莫邪为楚王作剑,三年而成。剑有雄雌,天下名器也,乃以雌剑献君,藏其雄者。谓其妻曰:'吾藏剑在南山之阴,北山之阳;松生石上,剑在其中矣。君若觉,杀我;尔生男,以告之。'及至君觉,杀干将。妻后生男,名赤鼻,告之。赤鼻斫南山之松,不得剑;忽于屋柱中得之。楚王梦一人,眉广三寸,辞欲报仇。购求甚急,乃逃朱兴山中。遇客,欲为之报;乃刎首,将以奉楚王。客令镬煮之,头三日三夜跳不烂。王往观之,客以雄剑倚拟王,王头堕镬中;客又自刎。三头悉烂,不可分别,分葬之,名曰三王冢。"(据鲁迅辑《古小说钩沉》本)又晋代干宝

《搜神记》卷十一也有内容大致相同的记载,而叙述较为细致,如眉间尺山中遇客一段说:"(楚)王梦见一儿,眉间广尺,言欲报仇,王即购之千金。儿闻之,亡去,入山行歌。客有逢者,谓子年少,何哭之甚悲耶?曰:'吾干将莫邪子也。楚王杀我父,吾欲报之。'客曰:'闻王购子头千金,将子头与剑来,为子报之。'儿曰:'幸甚!'即自刎,两手捧头及剑奉之,立僵。客曰:'不负子也。'于是尸乃仆。"(此外相传为后汉赵晔所著的《楚王铸剑记》,完全与《搜神记》所记相同。)

〔3〕 子时 我国古代用十二地支(子、丑、寅、卯、辰、巳、午、未、申、酉、戌、亥)记时,从夜里十一点到次晨一点称为子时。

〔4〕 王妃生下了一块铁 清代陈元龙撰《格致镜原》卷三十四引《列士传》佚文:"楚王夫人于夏纳凉,抱铁柱,心有所感,遂怀孕,产一铁;王命莫邪铸为双剑。"

〔5〕 井华水 清晨第一次汲取的井水。明代李时珍《本草纲目》卷五井泉水《集解》:"汪颖曰:平旦第一汲,为井华水。"

〔6〕 雉堞 城上排列如齿状的矮墙,俗称城垛。

〔7〕 劳什子 北方方言。指物件,含有轻蔑、厌恶的意思。

〔8〕 丹田 道家把人身脐下三寸的地方称为丹田,据说这个部位受伤,可以致命。

〔9〕 蜜蜂的排衙 蜜蜂早晚两次群集蜂房外面,就像朝见蜂王一般。这里用来形容人群拥挤喧闹。排衙,旧时衙署中下属依次参谒长官的仪式。

〔10〕 放鬼债的资本 作者在1927年10月所写的杂感《新时代的放债法》里说,旧社会"有一种精神的资本家",惯用"同情"一类美好言辞作为"放债"的"资本",以求"报答"。

〔11〕 这里和下文的歌,意思介于可解不可解之间。作者在1936年3月28日给日本增田涉的信中曾说:"在《铸剑》里,我以为没有什么

难懂的地方。但要注意的,是那里面的歌,意思都不明显,因为是奇怪的人和头颅唱出来的歌,我们这种普通人是难以理解的。"

〔12〕 侏儒　形体矮小、专以滑稽笑谑供君王娱乐消遣的人,略似戏剧中的丑角。

〔13〕 宴之敖者　作者虚拟的人名。1924 年 9 月,鲁迅辑成《俟堂砖文杂集》一书,题记后用宴之敖者作为笔名,但以后即未再用。

〔14〕 汶汶乡　作者虚拟的地名。汶汶,昏暗不明。

〔15〕 兽炭　古时豪富之家将木炭屑做成各种兽形的一种燃料。东晋裴启《语林》有如下记载:"洛下少林木,炭止如粟状。羊琇骄豪,乃捣小炭为屑,以物和之,作兽形。后何召之徒共集,乃以温酒;火爇既猛,兽皆开口,向人赫然。诸豪相矜,皆服而效之。"(据鲁迅辑《古小说钩沉》本)

〔16〕 龙准　指帝王的鼻子。准,鼻子。《汉书·高帝纪》:"高祖为人,隆准而龙颜。"

〔17〕 本篇最初发表时未署写作日期。现在篇末的日期是收入本集时补记。据鲁迅日记,本篇完成时间为 1927 年 4 月 3 日。

出　关[1]

老子[2]毫无动静的坐着,好像一段呆木头。[3]

"先生,孔丘又来了!"他的学生庚桑楚[4],不耐烦似的走进来,轻轻的说。

"请……"

"先生,您好吗?"孔子极恭敬的行着礼,一面说。

"我总是这样子,"老子答道。"您怎么样? 所有这里的藏书,都看过了罢?"

"都看过了。不过……"孔子很有些焦躁模样,这是他从来所没有的。"我研究《诗》,《书》,《礼》,《乐》,《易》,《春秋》六经,自以为很长久了,够熟透了。去拜见了七十二位主子,谁也不采用。人可真是难得说明白呵。还是'道'的难以说明白呢?"

"你还算运气的哩,"老子说,"没有遇着能干的主子。六经这玩艺儿,只是先王的陈迹呀。那里是弄出迹来的东西呢? 你的话,可是和迹一样的。迹是鞋子踏成的,但迹难道就是鞋子吗?"停了一会,又接着说道:"白鶂们只要瞧着,眼珠子动也不动,然而自然有孕;虫呢,雄的在上风叫,雌的在下风应,自然有孕;类是一身上兼具雌雄的,所以自然有孕。性,是不能改的;命,是不能换的;时,是不能留的;道,是不能塞的。只要

故事新编

得了道,什么都行,可是如果失掉了,那就什么都不行。"[5]

孔子好像受了当头一棒,亡魂失魄的坐着,恰如一段呆木头。

大约过了八分钟,他深深的倒抽了一口气,就起身要告辞,一面照例很客气的致谢着老子的教训。

老子也并不挽留他,站起来扶着拄杖,一直送他到图书馆[6]的大门外。孔子就要上车了,他才留声机似的说道:

"您走了?您不喝点儿茶去吗?……"

孔子答应着"是是",上了车,拱着两只手极恭敬的靠在横板[7]上;冉有[8]把鞭子在空中一挥,嘴里喊一声"都",车子就走动了。待到车子离开了大门十几步,老子才回进自己的屋里去。

"先生今天好像很高兴,"庚桑楚看老子坐定了,才站在旁边,垂着手,说。"话说的很不少……"

"你说的对。"老子微微的叹一口气,有些颓唐似的回答道。"我的话真也说的太多了。"他又仿佛突然记起一件事情来,"哦,孔丘送我的一只雁鹅[9],不是晒了腊鹅了吗?你蒸蒸吃去罢。我横竖没有牙齿,咬不动。"

庚桑楚出去了。老子就又静下来,合了眼。图书馆里很寂静。只听得竹竿子碰着屋檐响,这是庚桑楚在取挂在檐下的腊鹅。

一过就是三个月。老子仍旧毫无动静的坐着,好像一段呆木头。

"那里那里，"孔子谦虚的说。"……我自己久不投在变化里了，这怎么能够变化别人呢！……"

"对对！"老子道。"您想通了！"

大家都从此没有话，好像两段呆木头。

"先生,孔丘来了哩!"他的学生庚桑楚,诧异似的走进来,轻轻的说。"他不是长久没来了吗?这的来,不知道是怎的?……"

"请……"老子照例只说了这一个字。

"先生,您好吗?"孔子极恭敬的行着礼,一面说。

"我总是这样子,"老子答道。"长久不看见了,一定是躲在寓里用功罢?"

"那里那里,"孔子谦虚的说。"没有出门,在想着。想通了一点:鸦鹊亲嘴;鱼儿涂口水;细腰蜂儿化别个;怀了弟弟,做哥哥的就哭。我自己久不投在变化里了,这怎么能够变化别人呢!……"

"对对!"老子道。"您想通了!"

大家都从此没有话,好像两段呆木头。

大约过了八分钟,孔子这才深深的呼出了一口气,就起身要告辞,一面照例很客气的致谢着老子的教训。

老子也并不挽留他。站起来扶着拄杖,一直送他到图书馆的大门外。孔子就要上车了,他才留声机似的说道:

"您走了?您不喝点儿茶去吗?……"

孔子答应着"是是",上了车,拱着两只手极恭敬的靠在横板上;冉有把鞭子在空中一挥,嘴里喊一声"都",车子就走动了。待到车子离开了大门十几步,老子才回进自己的屋里去。

"先生今天好像不大高兴,"庚桑楚看老子坐定了,才站在旁边,垂着手,说。"话说的很少……"

"你说的对。"老子微微的叹一口气,有些颓唐的回答道。

"不,"老子摆一摆手,"我们还是道不同。譬如同是一双鞋子罢,我的是走流沙,他的是上朝廷的。"

"可是你不知道:我看我应该走了。"[10]

"这为什么呢?"庚桑楚大吃一惊,好像遇着了晴天的霹雳。

"孔丘已经懂得了我的意思。他知道能够明白他的底细的,只有我,一定放心不下。我不走,是不大方便的……"

"那么,不正是同道了吗?还走什么呢?"

"不,"老子摆一摆手,"我们还是道不同。譬如同是一双鞋子罢,我的是走流沙[11],他的是上朝廷的。"

"但您究竟是他的先生呵!"

"你在我这里学了这许多年,还是这么老实,"老子笑了起来,"这真是性不能改,命不能换了。你要知道孔丘和你不同:他以后就不再来,也再不叫我先生,只叫我老头子,背地里还要玩花样了呀。"

"我真想不到。但先生的看人是不会错的……"

"不,开头也常常看错。"

"那么,"庚桑楚想了一想,"我们就和他干一下……"

老子又笑了起来,向庚桑楚张开嘴:

"你看:我牙齿还有吗?"他问。

"没有了。"庚桑楚回答说。

"舌头还在吗?"

"在的。"

"懂了没有?"

"先生的意思是说:硬的早掉,软的却在吗?"[12]

"你说的对。我看你也还不如收拾收拾,回家看看你的老婆去罢。但先给我的那匹青牛[13]刷一下,鞍鞯晒一下。我明天一早就要骑的。"

老子到了函谷关[14],没有直走通到关口的大道,却把青牛一勒,转入岔路,在城根下慢慢的绕着。他想爬城。城墙倒并不高,只要站在牛背上,将身一耸,是勉强爬得上的;但是青牛留在城里,却没法搬出城外去。倘要搬,得用起重机,无奈这时鲁般和墨翟[15]还都没有出世,老子自己也想不到会有这玩意。总而言之:他用尽哲学的脑筋,只是一个没有法。

然而他更料不到当他弯进岔路的时候,已经给探子望见,立刻去报告了关官。所以绕不到七八丈路,一群人马就从后面追来了。那个探子跃马当先,其次是关官,就是关尹喜[16],还带着四个巡警和两个签子手[17]。

"站住!"几个人大叫着。

老子连忙勒住青牛,自己是一动也不动,好像一段呆木头。

"阿呀!"关官一冲上前,看见了老子的脸,就惊叫了一声,即刻滚鞍下马,打着拱,说道:"我道是谁,原来是老聃馆长。这真是万想不到的。"

老子也赶紧爬下牛背来,细着眼睛,看了那人一看,含含胡胡的说:"我记性坏……"

"自然,自然,先生是忘记了的。我是关尹喜,先前因为上图书馆去查《税收精义》,曾经拜访过先生……"

这时签子手便翻了一通青牛上的鞍鞯,又用签子刺一个洞,伸进指头去掏了一下,一声不响,橛着嘴走开了。

"先生在城圈边溜溜?"关尹喜问。

"不,我想出去,换换新鲜空气……"

"那很好!那好极了!现在谁都讲卫生,卫生是顶要紧的。不过机会难得,我们要请先生到关上去住几天,听听先生的教训……"

老子还没有回答,四个巡警就一拥上前,把他扛在牛背上,签子手用签子在牛屁股上刺了一下,牛把尾巴一卷,就放开脚步,一同向关口跑去了。

到得关上,立刻开了大厅来招待他。这大厅就是城楼的中一间,临窗一望,只见外面全是黄土的平原,愈远愈低;天色苍苍,真是好空气。这雄关就高踞峻坂之上,门外左右全是土坡,中间一条车道,好像在峭壁之间。实在是只要一丸泥就可以封住的[18]。

大家喝过开水,再吃饽饽。让老子休息一会之后,关尹喜就提议要他讲学了。老子早知道这是免不掉的,就满口答应。于是轰轰了一阵,屋里逐渐坐满了听讲的人们。同来的八人之外,还有四个巡警,两个签子手,五个探子,一个书记,账房和厨房。有几个还带着笔,刀,木札[19],预备抄讲义。

老子像一段呆木头似的坐在中央,沉默了一会,这才咳嗽几声,白胡子里面的嘴唇在动起来了。大家即刻屏住呼吸,侧着耳朵听。只听得他慢慢的说道:

"道可道,非常道;名可名,非常名。无名,天地之始;有名,万物之母。……"

大家彼此面面相觑,没有抄。

"故常无欲以观其妙,"老子接着说,"常有欲以观其窍。此两者,同出而异名。同,谓之玄,玄之又玄,众妙之门……"[20]

大家显出苦脸来了,有些人还似乎手足失措。一个签子手打了一个大呵欠,书记先生竟打起瞌睡来,哗啷一声,刀,笔,木札,都从手里落在席子上面了。

老子仿佛并没有觉得,但仿佛又有些觉得似的,因为他从此讲得详细了一点。然而他没有牙齿,发音不清,打着陕西腔,夹上湖南音,"哩""呢"不分,又爱说什么"呃":大家还是听不懂。可是时间加长了,来听他讲学的人,倒格外的受苦。

为面子起见,人们只好熬着,但后来总不免七倒八歪斜,各人想着自己的事,待到讲到"圣人之道,为而不争",住了口了,还是谁也不动弹。老子等了一会,就加上一句道:

"呃,完了!"

大家这才如大梦初醒,虽然因为坐得太久,两腿都麻木了,一时站不起身,但心里又惊又喜,恰如遇到大赦的一样。

于是老子也被送到厢房里,请他去休息。他喝过几口白开水,就毫无动静的坐着,好像一段呆木头。

人们却还在外面纷纷议论。过不多久,就有四个代表进来见老子,大意是说他的话讲的太快了,加上国语不大纯粹,所以谁也不能笔记。没有记录,可惜非常,所以要请他补发些讲义。

"来笃话啥西,俺实直头听弗懂!"[21]账房说。

"还是耐自家写子出来末哉。写子出来末,总算弗白嚼蛆一场哉碗。阿是?"[22]书记先生道。

老子也不十分听得懂,但看见别的两个把笔,刀,木札,都摆在自己的面前了,就料是一定要他编讲义。他知道这是免不掉的,于是满口答应;不过今天太晚了,要明天才开手。

代表们认这结果为满意,退出去了。

第二天早晨,天气有些阴沉沉,老子觉得心里不舒适,不过仍须编讲义,因为他急于要出关,而出关,却须把讲义交卷。他看一眼面前的一大堆木札,似乎觉得更加不舒适了。

然而他还是不动声色,静静的坐下去,写起来。回忆着昨天的话,想一想,写一句。那时眼镜还没有发明,他的老花眼睛细得好像一条线,很费力;除去喝白开水和吃饽饽的时间,写了整整一天半,也不过五千个大字。

"为了出关,我看这也敷衍得过去了。"他想。

于是取了绳子,穿起木札来,计两串,扶着拄杖,到关尹喜的公事房里去交稿,并且声明他立刻要走的意思。

关尹喜非常高兴,非常感谢,又非常惋惜,坚留他多住一些时,但看见留不住,便换了一副悲哀的脸相,答应了,命令巡警给青牛加鞍。一面自己亲手从架子上挑出一包盐,一包胡麻,十五个饽饽来,装在一个充公的白布口袋里送给老子做路上的粮食。并且声明:这是因为他是老作家,所以非常优待,假如他年纪青,饽饽就只能有十个了。

老子再三称谢,收了口袋,和大家走下城楼,到得关口,还要牵着青牛走路;关尹喜竭力劝他上牛,逊让一番之后,终于

尘头逐步而起,罩着人和牛,一律变成灰色,再一会,已只有黄尘滚滚,什么也看不见了。

也骑上去了。作过别,拨转牛头,便向峻坂的大路上慢慢的走去。

不多久,牛就放开了脚步。大家在关口目送着,去了两三丈远,还辨得出白发,黄袍,青牛,白口袋,接着就尘头逐步而起,罩着人和牛,一律变成灰色,再一会,已只有黄尘滚滚,什么也看不见了。

大家回到关上,好像卸下了一副担子,伸一伸腰,又好像得了什么货色似的,咂一咂嘴,好些人跟着关尹喜走进公事房里去。

"这就是稿子?"账房先生提起一串木札来,翻着,说。"字倒写得还干净。我看到市上去卖起来,一定会有人要的。"

书记先生也凑上去,看着第一片,念道:

"'道可道,非常道'……哼,还是这些老套。真教人听得头痛,讨厌……"

"医头痛最好是打打盹。"账房放下了木札,说。

"哈哈哈!……我真只好打盹了。老实说,我是猜他要讲自己的恋爱故事,这才去听的。要是早知道他不过这么胡说八道,我就压根儿不去坐这么大半天受罪……"

"这可只能怪您自己看错了人,"关尹喜笑道。"他那里会有恋爱故事呢?他压根儿就没有过恋爱。"

"您怎么知道?"书记诧异的问。

"这也只能怪您自己打了磕睡,没有听到他说'无为而无不为'。这家伙真是'心高于天,命薄如纸',想'无不为',就只好'无为'。一有所爱，就不能无不爱，那里还能恋爱，敢恋爱？您看看您自己就是：现在只要看见一个大姑娘，不论好丑，就眼睛甜腻腻的都像是你自己的老婆。将来娶了太太，恐怕就要像我们的账房先生一样，规矩一些了。"

窗外起了一阵风，大家都觉得有些冷。

"这老头子究竟是到那里去，去干什么的？"书记先生趁势岔开了关尹喜的话。

"自说是上流沙去的，"关尹喜冷冷的说。"看他走得到。外面不但没有盐，面，连水也难得。肚子饿起来，我看是后来还要回到我们这里来的。"

"那么，我们再叫他著书。"账房先生高兴了起来。"不过饽饽真也太费。那时候，我们只要说宗旨已经改为提拔新作家，两串稿子，给他五个饽饽也足够了。"

"那可不见得行。要发牢骚，闹脾气的。"

"饿过了肚子，还要闹脾气？"

"我倒怕这种东西，没有人要看。"书记摇着手，说。"连五个饽饽的本钱也捞不回。譬如罢，倘使他的话是对的，那么，我们的头儿就得放下关官不做，这才是无不做，是一个了不起的大人……"

"那倒不要紧，"账房先生说，"总有人看的。交卸了的关官和还没有做关官的隐士，不是多得很吗？……"

窗外起了一阵风，括上黄尘来，遮得半天暗。这时关尹喜向门外一看，只见还站着许多巡警和探子，在呆听他们的闲谈。

"呆站在这里干什么?"他吆喝道。"黄昏了,不正是私贩子爬城偷税的时候了吗?巡逻去!"

门外的人们,一溜烟跑下去了。屋里的人们,也不再说什么话,账房和书记都走出去了。关尹喜才用袍袖子把案上的灰尘拂了一拂,提起两串木札来,放在堆着充公的盐,胡麻,布,大豆,饽饽等类的架子上。

一九三五年十二月作。

* * *

〔1〕 本篇最初发表于1936年1月20日上海《海燕》月刊第一期。

〔2〕 老子(约前571—?) 春秋时楚国人,我国古代思想家,道家学派的创始者。《史记·老子韩非列传》说:"老子者,楚苦县厉乡曲仁里人也。姓李氏,名耳,字聃,周守藏室之史也。孔子适周,将问礼于老子,老子曰:'子所言者,其人与骨皆已朽矣,独其言在耳。'……老子修道德,其学以自隐无名为务。居周久之,见周之衰,迺遂去。至关,关令尹喜曰:'子将隐矣,彊为我著书。'于是老子迺著书上下篇,言道德之意五千余言而去,莫知其所终。"现存《老子》(一名《道德经》),分《道经》、《德经》上下两篇,是战国时人编纂的传为老子的言论集。孔子(前551—前479),名丘,字仲尼,春秋时鲁国陬邑(今山东曲阜)人,儒家学派的创始者。有其弟子记录他言行的《论语》一书传世。

〔3〕 关于老子接见孔子时的情形,《庄子·田子方》中记有如下的传说:"孔子见老聃,老聃新沐,方将被发而干,慹然似非人;孔子便而待之,少焉见曰:'丘也眩与?其信然与?向者先生形体,掘(倔)若槁木,似遗物离人而立于独也。'"慹然,晋代司马彪注:"不动貌。"

〔4〕 庚桑楚 老子弟子。《庄子·庚桑楚》中说:"老聃之役,有庚

桑楚者,偏得老聃之道,以北居畏垒之山。"据司马彪注,"役"就是门徒、弟子。

〔5〕 关于孔子两次见老子的传说,《庄子·天运》中有如下的描写:"孔子谓老聃曰:'丘治《诗》、《书》、《礼》、《乐》、《易》、《春秋》六经,自以为久矣,孰(熟)知其故矣。以奸(干)者七十二君,论先王之道,而明周召之迹,一君无所鉤用。甚矣夫,人之难说也,道之难明邪?'老子曰:'幸矣,子之不遇治世之君也。夫六经,先王之陈迹也,岂其所以迹哉?今子之所言,犹迹也;夫迹,履之所出,而迹岂履哉?夫白鶂之相视,眸子不运而风化;虫,雄鸣于上风,雌应于下风而风化;类,自为雌雄,故风化。性不可易,命不可变,时不可止,道不可壅。苟得其道,无自而不可;失焉者,无自而可。'孔子不出,三月,复见,曰:'丘得之矣。乌鹊孺,鱼傅沫,细要(腰)者化,有弟而兄啼。久矣夫,丘不与化为人;不与化为人,安能化人?'老子曰:'可,丘得之矣。'"按关于上文中所说的"类",《山海经·南山经》中有如下记载:"亶爰之山……有兽焉:其状如狸而有髦,其名曰类,自为牝牡,食者不妒。""细要",指细腰蜂,即蜾蠃。我国有些古书中误认蜾蠃纯雌无雄,只有捕捉螟蛉来使它化为己子;所以小说中原译句为"细腰蜂儿化别个"。风化,旧说是兽类雌雄相诱而化育的意思。

〔6〕 图书馆 《史记·老子韩非列传》说老子曾作周室"守藏室之史",唐代司马贞《索隐》:"藏室史乃周藏书室之史也。"藏书室是古代帝王收藏图书文献的地方;史,古代掌管图书、记事、历象的史官。

〔7〕 横板 古称为"轼",即设置车厢前端供乘车者凭倚的横木。古人在车上用俯首凭轼表示敬礼。

〔8〕 冉有 名求,春秋时鲁国人,孔子弟子。《论语·子路》有"子适卫,冉有仆"的记载;宋代朱熹注:"仆,御车也。"

〔9〕 雁鹅 古代士大夫初相见时,用雁作为礼物。《仪礼·士相

见礼》:"下大夫相见以雁。"清代王引之以为雁鹅即鹅(见《经义述闻》)。

〔10〕 关于老子西出函谷的原因,作者在《〈出关〉的"关"》(《且介亭杂文末编》)中说,是为了孔子的几句话,又说,这是依据章太炎的意见。章太炎在《诸子学略说》中说过:"老子以其权术授之孔子,而征藏故书,亦悉为孔子诈取。孔子之权术,乃有过于老子者。孔学本出于老,以儒道之形式有异,不欲崇奉以为本师;而惧老子发其覆也,于是说老子曰:'乌鹊孺,鱼傅沫,细要者化,有弟而兄啼。'(原注:意谓己述六经,学皆出于老子,吾书先成,子名将夺,无可如何也。)老子胆怯,不得不曲从其请。逢蒙杀羿之事,又其素所怵惕也。胸有不平,欲一举发,而孔氏之徒徧布东夏,吾言朝出,首领可以夕断。于是西出函谷,知秦地之无儒,而孔氏之无如我何,则始著《道德经》,以发其覆。借令其书早出,则老子必不免于杀身,如少正卯在鲁,与孔子并,孔子之门,三盈三虚,犹以争名致戮,而况老子之陵驾其上者乎?"(见1906年《国粹学报》第二年第四册)按章太炎的这种说法,只是一种推测,鲁迅在《〈出关〉的"关"》中曾说,"我也并不信为一定的事实"。

〔11〕 流沙 古代指我国西北的沙漠地区。《史记·老子韩非列传》南朝宋裴骃《集解》引汉代刘向《列仙传》说:"老子西游,……(关令尹喜)与老子俱之流沙之西。"

〔12〕 老子和庚桑楚的这一段对话,是根据刘向《说苑·敬慎》中所载老聃和常枞的一段问答:"常枞有疾,老子往问焉,张其口而示老子曰:'吾舌存乎?'老子曰:'然。''吾齿存乎?'老子曰:'亡。'常枞曰:'子知之乎?'老子曰:'夫舌之存也,岂非以其柔邪;齿之亡也,岂非以其刚邪?'常枞曰:'然。'"常枞,相传为老子之师。

〔13〕 关于老子骑青牛的传说,《史记·老子韩非列传》司马贞《索隐》引《列仙传》说:"老子西游,关令尹喜望见其有紫气浮关,而老子果乘青牛而过。"

〔14〕 函谷关 在今河南灵宝县东北,东自崤山,西至潼津,通名函谷;关城在谷中,战国时秦国所置。

〔15〕 鲁般和墨翟 参看本书《非攻》及其有关的注。

〔16〕 关尹喜 相传为函谷关关尹。按《史记·老子韩非列传》并未叙明关吏姓名;"喜"字当是动词,汉代人认为是人名,所以称为关尹喜。《庄子·天下》称关尹、老子二人为"古之博大真人";《吕氏春秋·不二》也有"老耽(聃)贵柔……关尹贵清"的话。

〔17〕 签子手 旧时称关卡上持铁签查验货物的人。

〔18〕 一丸泥就可以封住 形容函谷关的形势险要,用少数兵力即可扼守的意思。"丸泥",见《后汉书·隗嚣传》中王元对隗嚣说的话:"元请以一丸泥为大王东封函谷关。"按我国古时用泥丸封缄木简,所以王元有丸泥封关的譬喻。

〔19〕 笔、刀、木札 我国古代还没有纸的时候,记事是用笔点漆写在竹简或木札上,写错了就用刀削去,因而同时用这三种工具。

〔20〕 自"道可道"至"众妙之门",连成一段,是《老子》全书开始的一章。下文"圣人之道,为而不争",是全书最末一句。"无为而无不为",是第四十八章中的一句。

〔21〕 这句话间杂着南北方言,意思是:你在说些什么,我简直听不懂!

〔22〕 这是苏州方言,意思是:还是你自己写出来吧。写了出来,总算不白白地瞎说一场。是吧?

非　攻[1]

一

子夏[2]的徒弟公孙高[3]来找墨子[4]，已经好几回了，总是不在家，见不着。大约是第四或者第五回罢，这才恰巧在门口遇见，因为公孙高刚一到，墨子也适值回家来。他们一同走进屋子里。

公孙高辞让了一通之后，眼睛看着席子[5]的破洞，和气的问道：

"先生是主张非战的？"

"不错！"墨子说。

"那么，君子就不斗么？"

"是的！"墨子说。

"猪狗尚且要斗，何况人……"

"唉唉，你们儒者，说话称着尧舜，做事却要学猪狗，可怜，可怜！"[6]墨子说着，站了起来，匆匆的跑到厨下去了，一面说："你不懂我的意思……"

他穿过厨下，到得后门外的井边，绞着辘轳，汲起半瓶井水来，捧着吸了十多口，于是放下瓦瓶，抹一抹嘴，忽然望着园角上叫了起来道：

"阿廉[7]！你怎么回来了？"

阿廉也已经看见，正在跑过来，一到面前，就规规矩矩的站定，垂着手，叫一声"先生"，于是略有些气愤似的接着说：

"我不干了。他们言行不一致。说定给我一千盆粟米的，却只给了我五百盆。我只得走了。"

"如果给你一千多盆，你走么？"

"不。"阿廉答。

"那么，就并非因为他们言行不一致，倒是因为少了呀！"

墨子一面说，一面又跑进厨房里，叫道：

"耕柱子[8]！给我和起玉米粉来！"

耕柱子恰恰从堂屋里走到，是一个很精神的青年。

"先生，是做十多天的干粮罢？"他问。

"对咧。"墨子说。"公孙高走了罢？"

"走了，"耕柱子笑道。"他很生气，说我们兼爱无父，像禽兽一样。"[9]

墨子也笑了一笑。

"先生到楚国去？"

"是的。你也知道了？"墨子让耕柱子用水和着玉米粉，自己却取火石和艾绒打了火，点起枯枝来沸水，眼睛看火焰，慢慢的说道："我们的老乡公输般[10]，他总是倚恃着自己的一点小聪明，兴风作浪的。造了钩拒[11]，教楚王和越人打仗还不够，这回是又想出了什么云梯，要耸恿楚王攻宋去了。宋是小国，怎禁得这么一攻。我去按他一下罢。"

他看得耕柱子已经把窝窝头上了蒸笼，便回到自己的房里,在壁厨里摸出一把盐渍藜菜干,一柄破铜刀,另外找了一张破包袱,等耕柱子端进蒸熟的窝窝头来,就一起打成一个包裹。衣服却不打点,也不带洗脸的手巾,只把皮带紧了一紧,走到堂下,穿好草鞋,背上包裹,头也不回的走了。从包裹里,还一阵一阵的冒着热蒸气。

"先生什么时候回来呢?"耕柱子在后面叫喊道。

"总得二十来天罢,"墨子答着,只是走。

二

墨子走进宋国的国界的时候,草鞋带已经断了三四回,觉得脚底上很发热,停下来一看,鞋底也磨成了大窟窿,脚上有些地方起茧,有些地方起泡了。[12]他毫不在意,仍然走;沿路看看情形,人口倒很不少,然而历来的水灾和兵灾的痕迹,却到处存留,没有人民的变换得飞快。走了三天,看不见一所大屋,看不见一颗大树,看不见一个活泼的人,看不见一片肥沃的田地,就这样的到了都城[13]。

城墙也很破旧,但有几处添了新石头;护城沟边看见烂泥堆,像是有人淘掘过,但只见有几个闲人坐在沟沿上似乎钓着鱼。

"他们大约也听到消息了,"墨子想。细看那些钓鱼人,却没有自己的学生在里面。

他决计穿城而过,于是走近北关,顺着中央的一条街,一径向南走。城里面也很萧条,但也很平静;店铺都贴着减价的条子,然而并不见买主,可是店里也并无怎样的货色;街道上满积着又细又粘的黄尘。

"这模样了,还要来攻它!"墨子想。

他在大街上前行,除看见了贫弱而外,也没有什么异样。楚国要来进攻的消息,是也许已经听到了的,然而大家被攻得习惯了,自认是活该受攻的了,竟并不觉得特别,况且谁都只剩了一条性命,无衣无食,所以也没有什么人想搬家。待到望见南关的城楼了,这才看见街角上聚着十多个人,好像在听一个人讲故事。

当墨子走得临近时,只见那人的手在空中一挥,大叫道:"我们给他们看看宋国的民气!我们都去死!"〔14〕

墨子知道,这是自己的学生曹公子的声音。

然而他并不挤进去招呼他,匆匆的出了南关,只赶自己的路。又走了一天和大半夜,歇下来,在一个农家的檐下睡到黎明,起来仍复走。草鞋已经碎成一片一片,穿不住了,包袱里还有窝窝头,不能用,便只好撕下一块布裳来,包了脚。

不过布片薄,不平的村路梗着他的脚底,走起来就更艰难。到得下午,他坐在一株小小的槐树下,打开包裹来吃午餐,也算是歇歇脚。远远的望见一个大汉,推着很重的小车,向这边走过来了。到得临近,那人就歇下车子,走到墨子面前,叫了一声"先生",一面撩起衣角来揩脸上的汗,喘着气。

"这是沙么?"墨子认识他是自己的学生管黔敖,便问。

"是的,防云梯的。"

"别的准备怎么样?"

133

"也已经募集了一些麻,灰,铁。不过难得很:有的不肯,肯的没有。还是讲空话的多……"

"昨天在城里听见曹公子在讲演,又在玩一股什么'气',嚷什么'死'了。你去告诉他:不要弄玄虚;死并不坏,也很难,但要死得于民有利!"

"和他很难说,"管黔敖怅怅的答道。"他在这里做了两年官,不大愿意和我们说话了……"

"禽滑釐呢?"

"他可是很忙。刚刚试验过连弩[15];现在恐怕在西关外看地势,所以遇不着先生。先生是到楚国去找公输般的罢?"

"不错,"墨子说,"不过他听不听我,还是料不定。你们仍然准备着,不要只望着口舌的成功。"

管黔敖点点头,看墨子上了路,目送了一会,便推着小车,吱吱嘎嘎的进城去了。

三

楚国的郢城[16]可是不比宋国:街道宽阔,房屋也整齐,大店铺里陈列着许多好东西,雪白的麻布,通红的辣椒,斑斓的鹿皮,肥大的莲子。走路的人,虽然身体比北方短小些,却都活泼精悍,衣服也很干净,墨子在这里一比,旧衣破裳,布包着两只脚,真好像一个老牌的乞丐了。

再向中央走是一大块广场,摆着许多摊子,拥挤着许多人,这是闹市,也是十字路交叉之处。墨子便找着一个好像士

墨子在这里一比，旧衣破裳，布包着两只脚，真好像一个老牌的乞丐了。

人的老头子,打听公输般的寓所,可惜言语不通,缠不明白,正在手掌心上写字给他看,只听得轰的一声,大家都唱了起来,原来是有名的赛湘灵已经开始在唱她的《下里巴人》[17],所以引得全国中许多人,同声应和了。不一会,连那老士人也在嘴里发出哼哼声,墨子知道他决不会再来看他手心上的字,便只写了半个"公"字,拔步再往远处跑。然而到处都在唱,无隙可乘,许多工夫,大约是那边已经唱完了,这才逐渐显得安静。他找到一家木匠店,去探问公输般的住址。

"那位山东老,造钩拒的公输先生么?"店主是一个黄脸黑须的胖子,果然很知道。"并不远。你回转去,走过十字街,从右手第二条小道上朝东向南,再往北转角,第三家就是他。"

墨子在手心上写着字,请他看了有无听错之后,这才牢牢的记在心里,谢过主人,迈开大步,径奔他所指点的处所。果然也不错的:第三家的大门上,钉着一块雕镂极工的楠木牌,上刻六个大篆道:"鲁国公输般寓"。

墨子拍着红铜的兽环[18],当当的敲了几下,不料开门出来的却是一个横眉怒目的门丁。他一看见,便大声的喝道:

"先生不见客! 你们同乡来告帮[19]的太多了!"

墨子刚看了他一眼,他已经关了门,再敲时,就什么声息也没有。然而这目光的一射,却使那门丁安静不下来,他总觉得有些不舒服,只得进去禀他的主人。公输般正捏着曲尺,在量云梯的模型。

"先生,又有一个你的同乡来告帮了……这人可是有些古怪……"门丁轻轻的说。

"他姓什么?"

"那可还没有问……"门丁惶恐着。

"什么样子的?"

"像一个乞丐。三十来岁。高个子,乌黑的脸……"

"阿呀!那一定是墨翟了!"

公输般吃了一惊,大叫起来,放下云梯的模型和曲尺,跑到阶下去。门丁也吃了一惊,赶紧跑在他前面,开了门。墨子和公输般,便在院子里见了面。

"果然是你。"公输般高兴的说,一面让他进到堂屋去。"你一向好么?还是忙?"

"是的。总是这样……"

"可是先生这么远来,有什么见教呢?"

"北方有人侮辱了我,"墨子很沉静的说。"想托你去杀掉他……"

公输般不高兴了。

"我送你十块钱!"墨子又接着说。

这一句话,主人可真是忍不住发怒了;他沉了脸,冷冷的回答道:

"我是义不杀人的!"

"那好极了!"墨子很感动的直起身来,拜了两拜,又很沉静的说道:"可是我有几句话。我在北方,听说你造了云梯,要去攻宋。宋有什么罪过呢?楚国有余的是地,缺少的是民。杀缺少的来争有余的,不能说是智;宋没有罪,却要攻他,不能说是仁;知道着,却不争,不能说是忠;争了,而不得,不能说是强；义不杀少，然而杀多，不能说是知类。先生以为怎样？……"

"那是……"公输般想着，"先生说得很对的。"

"那么，不可以歇手了么？"

"这可不成，"公输般怅怅的说。"我已经对王说过了。"

"那么，带我见王去就是。"

"好的。不过时候不早了，还是吃了饭去罢。"

然而墨子不肯听，欠着身子，总想站起来，他是向来坐不住的。[20]公输般知道拗不过，便答应立刻引他去见王；一面到自己的房里，拿出一套衣裳和鞋子来，诚恳的说道：

"不过这要请先生换一下。因为这里是和俺家乡不同，什么都讲阔绰的。还是换一换便当……"

"可以可以，"墨子也诚恳的说。"我其实也并非爱穿破衣服的……只因为实在没有工夫换……"

四

楚王早知道墨翟是北方的圣贤，一经公输般绍介，立刻接见了，用不着费力。

墨子穿着太短的衣裳，高脚鹭鸶似的，跟公输般走到便殿里，向楚王行过礼，从从容容的开口道：

"现在有一个人，不要轿车，却想偷邻家的破车子；不要锦绣，却想偷邻家的短毡袄；不要米肉，却想偷邻家的糠屑饭：这是怎样的人呢？"

于是他们俩各各拿着木片,像下棋一般,开始斗起来了……

"那一定是生了偷摸病了。"楚王率直的说。

"楚的地面,"墨子道,"方五千里,宋的却只方五百里,这就像轿车的和破车子;楚有云梦,满是犀兕麋鹿,江汉里的鱼鳖鼋鼍之多,那里都赛不过,宋却是所谓连雉兔鲫鱼也没有的,这就像米肉的和糠屑饭;楚有长松文梓楠木豫章,宋却没有大树,这就像锦绣的和短毡袄。所以据臣看来,王吏的攻宋,和这是同类的。"

"确也不错!"楚王点头说。"不过公输般已经给我在造云梯,总得去攻的了。"

"不过成败也还是说不定的。"墨子道。"只要有木片,现在就可以试一试。"

楚王是一位爱好新奇的王,非常高兴,便教侍臣赶快去拿木片来。墨子却解下自己的皮带,弯作弧形,向着公输子,算是城;把几十片木片分作两份,一份留下,一份交与公输子,便是攻和守的器具。

于是他们俩各各拿着木片,像下棋一般,开始斗起来了,攻的木片一进,守的就一架,这边一退,那边就一招。不过楚王和侍臣,却一点也看不懂。

只见这样的一进一退,一共有九回,大约是攻守各换了九种的花样。这之后,公输般歇手了。墨子就把皮带的弧形改向了自己,好像这回是由他来进攻。也还是一进一退的支架着,然而到第三回,墨子的木片就进了皮带的弧线里面了。

楚王和侍臣虽然莫明其妙,但看见公输般首先放下木片,脸上露出扫兴的神色,就知道他攻守两面,全都失败了。

楚王也觉得有些扫兴。

"我知道怎么赢你的，"停了一会，公输般讪讪的说。"但是我不说。"

"我也知道你怎么赢我的，"墨子却镇静的说。"但是我不说。"

"你们说的是些什么呀？"楚王惊讶着问道。

"公输子的意思，"墨子旋转身去，回答道，"不过想杀掉我，以为杀掉我，宋就没有人守，可以攻了。然而我的学生禽滑釐等三百人，已经拿了我的守御的器械，在宋城上，等候着楚国来的敌人。就是杀掉我，也还是攻不下的！"

"真好法子！"楚王感动的说。"那么，我也就不去攻宋罢。"

五

墨子说停了攻宋之后，原想即刻回往鲁国的，但因为应该换还公输般借他的衣裳，就只好再到他的寓里去。时候已是下午，主客都很觉得肚子饿，主人自然坚留他吃午饭——或者已经是夜饭，还劝他宿一宵。

"走是总得今天就走的，"墨子说。"明年再来，拿我的书来请楚王看一看。"[21]

"你还不是讲些行义么？"公输般道。"劳形苦心，扶危济急，是贱人的东西，大人们不取的。他可是君王呀，老乡！"

"那倒也不。丝麻米谷，都是贱人做出来的东西，大人们

141

就都要。何况行义呢。"[22]

"那可也是的,"公输般高兴的说。"我没有见你的时候,想取宋;一见你,即使白送我宋国,如果不义,我也不要了……"

"那可是我真送了你宋国了。"墨子也高兴的说。"你如果一味行义,我还要送你天下哩!"[23]

当主客谈笑之间,午餐也摆好了,有鱼,有肉,有酒。墨子不喝酒,也不吃鱼,只吃了一点肉。公输般独自喝着酒,看见客人不大动刀匕,过意不去,只好劝他吃辣椒:

"请呀请呀!"他指着辣椒酱和大饼,恳切的说,"你尝尝,这还不坏。大葱可不及我们那里的肥……"

公输般喝过几杯酒,更加高兴了起来。

"我舟战有鈎拒,你的义也有鈎拒么?"他问道。

"我这义的鈎拒,比你那舟战的鈎拒好。"墨子坚决的回答说。"我用爱来鈎,用恭来拒。不用爱鈎,是不相亲的,不用恭拒,是要油滑的,不相亲而又油滑,马上就离散。所以互相爱,互相恭,就等于互相利。现在你用鈎去鈎人,人也用鈎来鈎你,你用拒去拒人,人也用拒来拒你,互相鈎,互相拒,也就等于互相害了。所以我这义的鈎拒,比你那舟战的鈎拒好。"[24]

"但是,老乡,你一行义,可真几乎把我的饭碗敲碎了!"公输般碰了一个钉子之后,改口说,但也大约很有了一些酒意:他其实是不会喝酒的。

"但也比敲碎宋国的所有饭碗好。"

"可是我以后只好做玩具了。老乡,你等一等,我请你

"可是还不及木匠的做车轮，"墨子看了一看，就放在席子上……

看一点玩意儿。"

他说着就跳起来,跑进后房去,好像是在翻箱子。不一会,又出来了,手里拿着一只木头和竹片做成的喜鹊,交给墨子,口里说道:

"只要一开,可以飞三天。这倒还可以说是极巧的。"

"可是还不及木匠的做车轮,"墨子看了一看,就放在席子上,说。"他削三寸的木头,就可以载重五十石。有利于人的,就是巧,就是好,不利于人的,就是拙,也就是坏的。"[25]

"哦,我忘记了,"公输般又碰了一个钉子,这才醒过来。"早该知道这正是你的话。"

"所以你还是一味的行义,"墨子看着他的眼睛,诚恳的说,"不但巧,连天下也是你的了。真是打扰了你大半天。我们明年再见罢。"

墨子说着,便取了小包裹,向主人告辞;公输般知道他是留不住的,只得放他走。送他出了大门之后,回进屋里来,想了一想,便将云梯的模型和木鹊都塞在后房的箱子里。

墨子在归途上,是走得较慢了,一则力乏,二则脚痛,三则干粮已经吃完,难免觉得肚子饿,四则事情已经办妥,不像来时的匆忙。然而比来时更晦气:一进宋国界,就被搜检了两回;走近都城,又遇到募捐救国队[26],募去了破包袱;到得南关外,又遭着大雨,到城门下想避避雨,被两个执戈的巡兵赶开了,淋得一身湿,从此鼻子塞了十多天。

一九三四年八月作。

＊　　　　＊　　　　＊

〔1〕 本篇在收入本书前没有在报刊上发表过。

〔2〕 子夏(前507—?) 姓卜名商,春秋时卫国人,孔子的弟子。

〔3〕 公孙高 古书中无可查考,当是作者虚拟的人名。

〔4〕 墨子(约前468—前376) 名翟,春秋战国之际鲁国人,曾为宋国大夫,我国古代思想家,墨家学派的创始者。他主张"兼爱",反对战争,具有"摩顶放踵,利天下,为之"(孟子语)的精神。他的著作有《墨子》共五十三篇,其中大半是他的弟子所记述的。《非攻》这篇小说主要即取材于《墨子·公输》,原文如下:"公输盘为楚造云梯之械,成,将以攻宋。子墨子闻之,起于齐(按齐应作鲁),行十日十夜而至于郢。见公输盘,公输盘曰:'夫子何命焉为?'子墨子曰:'北方有侮臣,愿借子杀之。'公输盘不说(悦)。子墨子曰:'请献十金。'公输盘曰:'吾义固不杀人。'子墨子起,再拜曰:'请说之。吾从北方,闻子为梯,将以攻宋,宋何罪之有? 荆国(按即楚国)有余于地,而不足于民,杀所不足,而争所有余,不可谓智;宋无罪而攻之,不可谓仁;知而不争,不可谓忠;争而不得,不可谓强;义不杀少而杀众,不可谓知类。'公输盘服。子墨子曰:'然乎,不已乎?'公输盘曰:'不可,吾既已言之王矣。'子墨子曰:'胡不见我于王?'公输盘曰:'诺。'子墨子见王,曰:'今有人于此,舍其文轩,邻有敝轝而欲窃之;舍其锦绣,邻有短褐而欲窃之;舍其粱肉,邻有糠糟而欲窃之:此为何若人?'王曰:'必为窃疾矣。'子墨子曰:'荆之地,方五千里,宋之地,方五百里,此犹文轩之与敝轝也;荆有云梦,犀、兕、麋、鹿满之,江汉之鱼、鳖、鼋、鼍,为天下富,宋所为无雉、兔、狐狸(按狐狸应作鲋鱼)者也,此犹粱肉之与糠糟也;荆有长松、文梓、楩枏、豫章,宋无长木,此犹锦绣之与短褐也。臣以三事之攻宋也,为与此同类。臣见大王之必伤义而不得。'王曰:'善哉! 虽然,公输盘为我为云梯,必取宋。'于是见公输盘。子墨子解带为城,以牒为械,公输盘九设攻城之机变,子墨

子九距之，公输盘之攻械尽，子墨子之守圉有余。公输盘诎，而曰：'吾知所以距子矣，吾不言。'子墨子亦曰：'吾知子之所以距我，吾不言。'楚王问其故。子墨子曰：'公输子之意，不过欲杀臣；杀臣，宋莫能守，可攻也。然臣之弟子禽滑釐等三百人，已持臣守圉之器，在宋城上，而待楚寇矣。虽杀臣，不能绝也。'楚王曰：'善哉！吾请无攻宋矣。'子墨子归，过宋，天雨，庇其闾中，守闾者不内（纳）也。"按原文"臣以三事之攻宋也"中的"三事"两字，前人解释不一；《战国策·宋策》作"臣以王吏之攻宋"，较为明白易解。在小说中作者写作"王吏"，当系根据《战国策》。又，《公输》叙墨子只守不攻；《吕氏春秋·慎大览》东汉高诱注则说："公输般九攻之，墨子九却之；又令公输般守备，墨子九下之。"小说中写墨子与公输般迭为攻守，大概根据高注。

〔5〕席子　我国古人席地而坐，这里是指铺在地上的座席。按墨子主张节用，反对奢侈。在《墨子》一书的《辞过》、《节用》等篇中，都详载着他对于宫室、衣服、饮食、舟车等项的节约的意见。

〔6〕墨子和子夏之徒的对话，见《墨子·耕柱》："子夏之徒问于子墨子曰：'君子有斗乎？'子墨子曰：'君子无斗。'子夏之徒曰：'狗豨犹有斗，恶有士而无斗矣！'子墨子曰：'伤矣哉！言则称于汤、文，行则譬于狗豨，伤矣哉！'"

〔7〕阿廉　作者虚拟的人名。在《墨子·贵义》中有如下的一段记载："子墨子仕人于卫，所仕者至而反。子墨子曰：'何故反？'对曰：'与我言而不当。曰待女（汝）以千盆；授我五百盆，故去之也。'子墨子曰：'授子过千盆，则子去之乎？'对曰：'不去。'子墨子曰：'然则非为其不审也，为其寡也。'"

〔8〕耕柱子和下文的曹公子、管黔敖、禽滑釐，都是墨子的弟子。分见《墨子》中的《耕柱》、《鲁问》、《公输》等篇。

〔9〕兼爱无父　这是儒家孟子攻击墨家的话，见《孟子·滕文公

(下)》:"杨氏(杨朱)为我,是无君也;墨氏兼爱,是无父也。无父无君,是禽兽也。"

〔10〕 公输般 般或作班,《墨子》中作盘,春秋时鲁国人。曾发明创造若干奇巧的器械,古书中多称他为"巧人"。

〔11〕 鉤拒 参看本篇注〔24〕。

〔12〕 关于墨子赶路的情况,《战国策·宋策》有如下记载:"公输般为楚设机,将以攻宋。墨子闻之,百舍重茧,往见公输般。"又《淮南子·修务训》也说:"昔者楚欲攻宋,墨子闻而悼之,自鲁趋而往,十日十夜,足重茧而不休息,裂裳裹足,至于郢。"

〔13〕 都城 指宋国的国都商丘(今属河南)。

〔14〕 这里曹公子的演说,作者寓有讽刺当时国民党政府的意思。1931年九一八事变后,日本帝国主义侵占我国东北,国民党政府采取不抵抗主义,而表面上却故意发一些慷慨激昂的空论。

〔15〕 连弩 指利用机械力量一发多矢的连弩车。见《墨子·备高临》。

〔16〕 郢 楚国的都城,在今湖北江陵境内。

〔17〕 赛湘灵 作者根据传说中湘水的女神湘灵而虚拟的人名。传说湘灵善鼓瑟,如《楚辞·远游》中说:"使湘灵鼓瑟兮,令海若舞冯夷。"《下里巴人》,是楚国一种歌曲的名称。《文选》宋玉《对楚王问》中说:"客有歌于郢中者,其始曰'下里巴人',国中属而和者数千人。"

〔18〕 兽环 大门上的铜环。因为铜环衔在铜制兽头的嘴里,所以叫做兽环。

〔19〕 告帮 旧时向有关系的人乞求钱物帮助。

〔20〕 关于墨子坐不住的事,在《文子·自然》和《淮南子·修务训》中都有"墨子无暖席"的话,意思是说坐席还没有温暖,他又要上路了(《文子》旧传为老子弟子所作)。

〔21〕 关于墨子献书给楚王的事,清代孙诒让《墨子闲诂·贵义》引唐代余知古《渚宫旧事》说:"墨子至郢,献书惠王,王受而读之,曰:'良书也。'"据《渚宫旧事》所载,此事系在墨子止楚攻宋之后(见孙诒让《墨子传略》)。

〔22〕 墨子与公输般关于行义的对话,见《墨子·贵义》:"子墨子南游于楚,见楚献惠王,献惠王以老辞,使穆贺见子墨子。子墨子说穆贺,穆贺大说(悦),谓子墨子曰:'子之言则成(诚)善矣,而君王天下之大王也,毋乃曰贱人之所为而不用乎?'子墨子曰:'唯其可行。譬若药然,草之本,天子食之,以顺其疾。岂曰一草之本而不食哉?今农夫入其税于大人,大人为酒醴粢盛,以祭上帝鬼神。岂曰贱人之所为而不享哉?'"小说采取墨子答穆贺这几句话的意思,改为与公输般的对话。

〔23〕 关于送你天下的对话,见《墨子·鲁问》:"公输子谓子墨子曰:'吾未得见之时,我欲得宋;自我得见之后,予我宋而不义,我不为。'子墨子曰:'翟之未得见之时也,子欲得宋;自翟得见子之后,予子宋而不义,子弗为,是我予子宋也。子务为义,翟又将予子天下!'"

〔24〕 公输般与墨子关于鉤拒的对话,见《墨子·鲁问》:"公输子自鲁南游楚焉,始为舟战之器,作为鉤强之备:退者鉤之,进者强之,量其鉤强之长,而制为之兵。楚之兵节,越之兵不节,楚人因此若埶,亟败越人。公输子善其巧,以语子墨子曰:'我舟战有鉤强,不知子之义亦有鉤强乎?'子墨子曰:'我义之鉤强,贤于子舟战之鉤强。我鉤强:我鉤之以爱,揣之以恭。弗鉤以爱则不亲,非揣以恭则速狎,狎而不亲则速离。故交相爱,交相恭,犹若相利也。今子鉤而止人,人亦鉤而止子;子强而距人,人亦强而距子。交相鉤,交相强,犹若相害也。故我义之鉤强,贤子舟战之鉤强。'"据孙诒让《墨子闲诂》,"鉤强"应作"鉤拒","揣"也应作"拒"。鉤拒是武器,用"鉤"可以鉤住敌人后退的船只;用"拒"可以挡住敌人前进的船只。

〔25〕 关于木鹊,见《墨子·鲁问》:"公输子削竹木以为鹊,成而飞之,三日不下。公输子自以为至巧。子墨子谓公输子曰:'子之为鹊也,不如匠之为车辖,须臾刘(斲)三寸之木,而任五十石之重。故所为功,利于人谓之巧,不利于人谓之拙。'"

〔26〕 募捐救国队　影射当时国民党政府的各种"募捐"活动。在日本帝国主义的侵略面前,国民党政府实行不抵抗政策;同时又用"救国"的名义,策动各地它所控制的所谓"民众团体"强行募捐,借以搜括民财。

起　　死[1]

　　（一大片荒地。处处有些土冈,最高的不过六七尺。没有树木。遍地都是杂乱的蓬草;草间有一条人马踏成的路径。离路不远,有一个水溜。远处望见房屋。）

庄子[2]——（黑瘦面皮,花白的络腮胡子,道冠[3],布袍,拿着马鞭,上。）出门没有水喝,一下子就觉得口渴。口渴可不是玩意儿呀,真不如化为蝴蝶。可是这里也没有花儿呀,……哦!海子[4]在这里了,运气,运气!（他跑到水溜旁边,拨开浮萍,用手掬起水来,喝了十几口。）唔,好了。慢慢的上路。（走着,向四处看,）阿呀!一个髑髅。这是怎的?（用马鞭在蓬草间拨了一拨,敲着,说:）

您是贪生怕死,倒行逆施,成了这样的呢?（橐橐。）还是失掉地盘,吃着板刀,成了这样的呢?（橐橐。）还是闹得一榻胡涂,对不起父母妻子,成了这样的呢?（橐橐。）您不知道自杀是弱者的行为[5]吗?（橐橐橐!）还是您没有饭吃,没有衣穿,成了这样的呢?（橐橐。）还是年纪老了,活该死掉,成了这样的呢?（橐橐。）还是……唉,这倒是我胡涂,好像在做戏了。那里会回答。好在离楚国已经不远,用不着忙,还是请司命大神[6]复他的形,生他的肉,和他谈谈闲天,再给他重回家乡,骨肉团聚罢。（放下马鞭,朝着东方,拱两手向

天,提高了喉咙,大叫起来:)

　　至心朝礼[7],司命大天尊!……

　　　(一阵阴风,许多蓬头的,秃头的,瘦的,胖的,男的,女的,老的,少的鬼魂出现。)

鬼魂——庄周,你这胡涂虫!花白了胡子,还是想不通。死了没有四季,也没有主人公。天地就是春秋,做皇帝也没有这么轻松。还是莫管闲事罢,快到楚国去干你自家的运动。……

庄子——你们才是胡涂鬼,死了也还是想不通。要知道活就是死,死就是活呀,奴才也就是主人公。我是达性命之源的,可不受你们小鬼的运动。

鬼魂——那么,就给你当场出丑……

庄子——楚王的圣旨在我头上,更不怕你们小鬼的起哄!(又拱两手向天,提高了喉咙,大叫起来:)

　　至心朝礼,司命大天尊!
　　天地玄黄,宇宙洪荒。日月盈昃,辰宿列张。
　　赵钱孙李,周吴郑王。冯秦褚卫,姜沈韩杨。[8]
　　太上老君急急如律令[9]!敕!敕!敕!

　　　(一阵清风,司命大神道冠布袍,黑瘦面皮,花白的络腮胡子,手执马鞭,在东方的朦胧中出现。鬼魂全都隐去。)

司命——庄周,你找我,又要闹什么玩意儿了?喝够了水,不安分起来了吗?

庄子——臣是见楚王去的,路经此地,看见一个空髑髅,却还存着头样子。该有父母妻子的罢,死在这里了,真是呜呼哀哉,可怜得很。所以恳请大神复他的形,还他的肉,给他活转来,好回家乡去。

司命——哈哈!这也不是真心话,你是肚子还没饱就找闲事做。认真不像认真,玩耍又不像玩耍。还是走你的路罢,不要和我来打岔。要知道"死生有命"[10],我也碍难随便安排。

庄子——大神错矣。其实那里有什么死生。我庄周曾经做梦变了蝴蝶[11],是一只飘飘荡荡的蝴蝶,醒来成了庄周,是一个忙忙碌碌的庄周。究竟是庄周做梦变了蝴蝶呢,还是蝴蝶做梦变了庄周呢,可是到现在还没有弄明白。这样看来,又安知道这髑髅不是现在正活着,所谓活了转来之后,倒是死掉了呢?请大神随随便便,通融一点罢。做人要圆滑,做神也不必迂腐的。

司命——(微笑,)你也还是能说不能行,是人而非神……那么,也好,给你试试罢。

(司命用马鞭向蓬中一指。同时消失了。所指的地方,发出一道火光,跳起一个汉子来。)

汉子——(大约三十岁左右,体格高大,紫色脸,像是乡下人,全身赤条条的一丝不挂。用拳头揉了一通眼睛之后,定一定神,看见了庄子,)唉?

庄子——唉?(微笑着走近去,看定他,)你是怎么的?

汉子——唉唉,睡着了。你是怎么的?(向两边看,叫了起来,)阿呀,我的包裹和伞子呢?(向自己的身上看,)阿呀呀,我的衣服呢?(蹲了下去。)

"这样看来,又安知道这髑髅不是现在正活着,所谓活了转来之后,倒是死掉了呢?"

故事新编

庄子——你静一静,不要着慌罢。你是刚刚活过来的。你的东西,我看是早已烂掉,或者给人拾去了。

汉子——你说什么?

庄子——我且问你:你姓甚名谁,那里人?

汉子——我是杨家庄的杨大呀。学名叫必恭。

庄子——那么,你到这里是来干什么的呢?

汉子——探亲去的呀,不提防在这里睡着了。(着急起来,)我的衣服呢?我的包裹和伞子呢?

庄子——你静一静,不要着慌罢——我且问你:你是什么时候的人?

汉子——(诧异,)什么?……什么叫作"什么时候的人"?……我的衣服呢?……

庄子——啧啧,你这人真是胡涂得要死的角儿——专管自己的衣服,真是一个澈底的利己主义者。你这"人"尚且没有弄明白,那里谈得到你的衣服呢?所以我首先要问你:你是什么时候的人?唉唉,你不懂。……那么,(想了一想,)我且问你:你先前活着的时候,村子里出了什么故事?

汉子——故事吗?有的。昨天,阿二嫂就和七太婆吵嘴。

庄子——还欠大!

汉子——还欠大?……那么,杨小三旌表了孝子……

庄子——旌表了孝子,确也是一件大事情……不过还是很难查考……(想了一想,)再没有什么更大的事情,使大家因此闹了起来的了吗?

汉子——闹了起来?……(想着,)哦,有有!那还是三四个月前头,因为孩子们的魂灵,要摄去垫鹿台脚了[12],真吓得大家鸡飞狗走,赶忙做起符袋来,给孩子们带上……

庄子——(出惊,)鹿台?什么时候的鹿台?

汉子——就是三四个月前头动工的鹿台。

庄子——那么,你是纣王的时候死的?这真了不得,你已经死了五百多年了。

汉子——(有点发怒,)先生,我和你还是初会,不要开玩笑罢。我不过在这儿睡了一忽,什么死了五百多年。我是有正经事,探亲去的。快还我的衣服,包裹和伞子。我没有陪你玩笑的工夫。

庄子——慢慢的,慢慢的,且让我来研究一下。你是怎么睡着的呀?

汉子——怎么睡着的吗?(想着,)我早上走到这地方,好像头顶上轰的一声,眼前一黑,就睡着了。

庄子——疼吗?

汉子——好像没有疼。

庄子——哦……(想了一想,)哦……我明白了。一定是你在商朝的纣王的时候,独个儿走到这地方,却遇着了断路强盗,从背后给你一闷棍,把你打死,什么都抢走了。现在我们是周朝,已经隔了五百多年,还那里去寻衣服。你懂了没有?

汉子——(瞪了眼睛,看着庄子,)我一点也不懂。先生,你还是不要胡闹,还我衣服,包裹和伞子罢。我是有正经事,探亲去的,没有陪你玩笑的工夫!

庄子——你这人真是不明道理……

汉子——谁不明道理？我不见了东西，当场捉住了你，不问你要，问谁要？（站起来。）

庄子——（着急，）你再听我讲：你原是一个髑髅，是我看得可怜，请司命大神给你活转来的。你想想看：你死了这许多年，那里还有衣服呢！我现在并不要你的谢礼，你且坐下，和我讲讲纣王那时候……

汉子——胡说！这话，就是三岁小孩子也不会相信的。我可是三十三岁了！（走开来，）你……

庄子——我可真有这本领。你该知道漆园的庄周的罢。

汉子——我不知道。就是你真有这本领，又值什么鸟？你把我弄得精赤条条的，活转来又有什么用？叫我怎么去探亲？包裹也没有了……（有些要哭，跑开来拉住了庄子的袖子，）我不相信你的胡说。这里只有你，我当然问你要！我扭你见保甲[13]去！

庄子——慢慢的，慢慢的，我的衣服旧了，很脆，拉不得。你且听我几句话：你先不要专想衣服罢，衣服是可有可无的，也许是有衣服对，也许是没有衣服对。鸟有羽，兽有毛，然而王瓜茄子赤条条。此所谓"彼亦一是非，此亦一是非"，你固然不能说没有衣服对，然而你又怎么能说有衣服对呢？……

汉子——（发怒，）放你妈的屁！不还我的东西，我先揍死你！（一手捏了拳头，举起来，一手去揪庄子。）

庄子——（窘急，招架着，）你敢动粗！放手！要不然，我就请

"就是你真有这本领,又值什么鸟?"

司命大神来还你一个死!

汉子——(冷笑着退开,)好,你还我一个死罢。要不然,我就要你还我的衣服,伞子和包裹,里面是五十二个圜钱[14],斤半白糖,二斤南枣……

庄子——(严正地,)你不反悔?

汉子——小舅子才反悔!

庄子——(决绝地,)那就是了。既然这么胡涂,还是送你还原罢。(转脸朝着东方,拱两手向天,提高了喉咙,大叫起来:)

至心朝礼,司命大天尊!

天地玄黄,宇宙洪荒。日月盈昃,辰宿列张。

赵钱孙李,周吴郑王。冯秦褚卫,姜沈韩杨。

太上老君急急如律令!敕!敕!敕!

　(毫无影响,好一会。)

天地玄黄!

太上老君!敕!敕!敕!……敕!

　(毫无影响,好一会。)

　(庄子向周围四顾,慢慢的垂下手来。)

汉子——死了没有呀?

庄子——(颓唐地,)不知怎的,这回可不灵……

汉子——(扑上前,)那么,不要再胡说了。赔我的衣服!

庄子——(退后,)你敢动手?这不懂哲理的野蛮!

汉子——(揪住他,)你这贼骨头!你这强盗军师!我先剥你的道袍,拿你的马,赔我……

　(庄子一面支撑着,一面赶紧从道袍的袖子里摸出警笛来,狂吹了三声。汉子愕然,放慢了动作。不多久,从远处跑来一个巡士。)

巡士——(且跑且喊,)带住他!不要放!(他跑近来,是一个鲁国大汉,身材高大,制服制帽,手执警棍,面赤无须。)带住他!这舅子!……

汉子——(又揪紧了庄子,)带住他!这舅子!……

(巡士跑到,抓住庄子的衣领,一手举起警棍来。汉子放手,微弯了身子,两手掩着小肚。)

庄子——(托住警棍,歪着头,)这算什么?

巡士——这算什么?哼!你自己还不明白?

庄子——(愤怒,)怎么叫了你来,你倒来抓我?

巡士——什么?

庄子——我吹了警笛……

巡士——你抢了人家的衣服,还自己吹警笛,这昏蛋!

庄子——我是过路的,见他死在这里,救了他,他倒缠住我,说我拿了他的东西了。你看看我的样子,可是抢人东西的?

巡士——(收回警棍,)"知人知面不知心",谁知道。到局里去罢。

庄子——那可不成。我得赶路,见楚王去。

巡士——(吃惊,松手,细看了庄子的脸,)那么,您是漆……

庄子——(高兴起来,)不错!我正是漆园吏庄周。您怎么知道的?

巡士——咱们的局长这几天就常常提起您老,说您老要上楚国发财去了,也许从这里经过的。敝局长也是一位隐士,带

159

便兼办一点差使,很爱读您老的文章,读《齐物论》,什么"方生方死,方死方生,方可方不可,方不可方可",真写得有劲,真是上流的文章[15],真好!您老还是到敝局里去歇歇罢。

(汉子吃惊,退进蓬草丛中,蹲下去。)

庄子——今天已经不早,我要赶路,不能耽搁了。还是回来的时候,再去拜访贵局长罢。

(庄子且说且走,爬在马上,正想加鞭,那汉子突然跳出草丛,跑上去拉住了马嚼子。巡士也追上去,拉住汉子的臂膊。)

庄子——你还缠什么?

汉子——你走了,我什么也没有,叫我怎么办?(看着巡士,)您瞧,巡士先生……

巡士——(搔着耳朵背后,)这模样,可真难办……但是,先生……我看起来,(看着庄子,)还是您老富裕一点,赏他一件衣服,给他遮遮羞……

庄子——那自然可以的,衣服本来并非我有。不过我这回要去见楚王,不穿袍子,不行,脱了小衫,光穿一件袍子,也不行……

巡士——对啦,这实在少不得。(向汉子,)放手!

汉子——我要去探亲……

巡士——胡说!再麻烦,看我带你到局里去!(举起警棍,)滚开!

(汉子退走,巡士追着,一直到乱蓬里。)

庄子——再见再见。

"你走了,我什么也没有,叫我怎么办?"

巡士——再见再见。您老走好哪!

  (庄子在马上打了一鞭,走动了。巡士反背着手,看他渐跑渐远,没入尘头中,这才慢慢的回转身,向原来的路上蹩去。)

  (汉子突然从草丛中跳出来,拉住巡士的衣角。)

巡士——干吗?

汉子——我怎么办呢?

巡士——这我怎么知道。

汉子——我要去探亲……

巡士——你探去就是了。

汉子——我没有衣服呀。

巡士——没有衣服就不能探亲吗?

汉子——你放走了他。现在你又想溜走了,我只好找你想法子。不问你,问谁呢?你瞧,这叫我怎么活下去!

巡士——可是我告诉你:自杀是弱者的行为呀!

汉子——那么,你给我想法子!

巡士——(摆脱着衣角,)我没有法子想!

汉子——(揪住巡士的袖子,)那么,你带我到局里去!

巡士——(摆脱着袖子,)这怎么成。赤条条的,街上怎么走。放手!

汉子——那么,你借我一条裤子!

巡士——我只有这一条裤子,借给了你,自己不成样子了。(竭力的摆脱着,)不要胡闹!放手!

汉子——(揪住巡士的颈子,)我一定要跟你去!

巡士——(窘急,)不成!

汉子——那么,我不放你走!

巡士——你要怎么样呢?

汉子——我要你带我到局里去!

巡士——这真是……带你去做什么用呢?不要捣乱了。放手!要不然……(竭力的挣扎。)

汉子——(揪得更紧,)要不然,我不能探亲,也不能做人了。二斤南枣,斤半白糖……你放走了他,我和你拚命……

巡士——(挣扎着,)不要捣乱了!放手!要不然……要不然……(说着,一面摸出警笛,狂吹起来。)

一九三五年十二月作。

*　　　*　　　*

〔1〕 本篇在收入本书前没有在报刊上发表过。

〔2〕 庄子(约前369—前286) 名周,战国时宋国人,曾为漆园吏,我国古代思想家,道家思想的代表人物。他的著作流传至今的有《庄子》三十三篇;本篇的材料主要即采自《庄子·至乐》中的一个寓言:"庄子之楚,见空髑髅,髐然有形,撽以马捶,因而问之曰:'夫子贪生失理,而为此乎?将子有亡国之事,斧钺之诛,而为此乎?将子有不善之行,愧遗父母妻子之丑,而为此乎?将子有冻馁之患,而为此乎?将子之春秋,故及此乎?'于是语卒,援髑髅枕而卧。夜半,髑髅见梦曰:'子之谈者似辩士,视子所言,皆生人之累也,死则无此矣。子欲闻死之说乎?'庄子曰:'然。'髑髅曰:'死无君于上,无臣于下,亦无四时之事,从然以天地为春秋,虽南面王,乐不能过也。'庄子不信,曰:'吾使司命,复生子形,为子骨肉肌肤,反子父母妻子,闾里知识,子欲之乎?'髑髅深矉

蹙頞曰:'吾安能弃南面王乐,而复为人间之劳乎?'"

〔3〕 道冠 道士帽。按以老庄为代表的道家学派并非宗教,庄子亦并非道士。由于道家思想对后来的道教有相当影响,道教遂奉老子为教祖,尊称他为"太上老君"。这里也把庄子写作道士装束。

〔4〕 海子 即湖泊,蒙古语"淖尔"的意译;《新元史·河渠志》:"淖尔,译言海子也。"按从元代以后"海子"也成为北京的口语。

〔5〕 自杀是弱者的行为 当时社会上曾陆续发生一些人因不堪封建礼教的压迫而自杀的事件,一些文人不加分析地说这种自杀是"弱者的行为"。作者在这里顺笔给予讽刺。

〔6〕 司命大神 司命,我国古书中记载的星名。旧时认为司命主管人的生死寿命。

〔7〕 至心朝礼 道教经书中的常用语。意思是诚心诚意地礼拜。

〔8〕 "天地玄黄"至"辰宿列张",是《千字文》的开首四句。"赵钱孙李"至"姜沈韩杨",是《百家姓》的开首四句(按后二句原作"冯陈褚卫,蒋沈韩杨")。这里是作者随意取用,并非一般道士所念的咒语。

〔9〕 急急如律令 意思是如法律命令,必须迅速执行。如律令,原为汉代公文常用语;道士仿效,用于符咒的末尾。敕,旧时上对下的命令词。

〔10〕 "死生有命" 孔子弟子子夏的话,见《论语·颜渊》:"生死有命,富贵在天。"

〔11〕 庄周做梦变了蝴蝶 见《庄子·齐物论》:"昔者庄周梦为胡蝶,栩栩然胡蝶也。自喻适志与,不知周也。俄然觉,则蘧蘧然周也。不知周之梦为胡蝶与,胡蝶之梦为周与?"下文"彼亦一是非,此亦一是非",也见《齐物论》:"是亦彼也,彼亦是也。彼亦一是非,此亦一是非。"

〔12〕 垫鹿台脚 旧时迷信传说,大建筑物要摄取孩子们的魂灵

垫基,才能建成。鹿台,参看本书《采薇》篇注〔17〕。

〔13〕 保甲　指保甲长。保甲制始于宋代。国民党政府为加强对民众的控制,也在各地基层实行保甲制度。根据1931年7月在南昌行营颁布的《保甲条例》、1932年8月在河南、湖北、安徽颁布的《各县编查保甲户口条例》规定,以十户为一甲,设甲长,十甲为一保,设保长,各户实行互相监视的连坐法。1934年11月起在全国施行。

〔14〕 圜钱　周代钱币。《汉书·食货志》:"太公为周立九府圜法……钱圜函方,轻重以铢。"

〔15〕 上流的文章　林语堂在《宇宙风》第六期(1935年12月)发表的《烟屑》一文中说:"吾好读极上流书或极下流书,……上流如佛老孔孟庄生,下流如小调童谣民歌盲词。"